# 原田伊織の晴耕雨読な日々【新版】

## 墓場まであと何里？

原田 伊織

毎日ワンズ

# 原田伊織の晴耕雨読な日々［新版］――墓場まであと何里？――　目次

# はじめに

～無駄な抵抗　無益なあがき～

## 無駄な抵抗　無益なあがき

つれづれなるままに、というには毒を含み過ぎると言われる私のこの種の書き物を、随筆であると主張してもなかなか受け容れられないかも知れない。しかし、本人はどこまでも随筆の心算《つもり》である。

そして、冒頭にはっきりお断りしておくべきことは、サブタイトルからして明らかな通り、これは寺山修司氏の絶筆『墓場まで何マイル?』のオマージュである。これも、私の「心算」に過ぎないと言われればそれまでであるが、決してパロディやスプーフの類《たぐい》ではなく、どこまでもオマージュの心算なのだ。

寺山修司といえば「天井桟敷《てんじょうさじき》」とだけ知っている人も多いことだろう。確かに、私の大学二年の終わり頃結成されたこの〝反逆的〟な劇団は、寺山の代名詞となっている。初演が『青森県のせむし男』、新宿末広亭での第二回公演は『大山デブコの犯罪』であった。〝純真な〟私どもは、これを演劇と認めていいものかどうか、大いに悩んだものである。

寺山の原点は、歌人である。歌人としての活動は、早稲田大学入学直後から始まっている。短歌から始まった彼の芸術活動は、その短い一生によくぞ収まったなと思うほど幅広いものとなった。短歌、俳句を創り、詩を詠《よ》み、随筆や評論を書き、劇作を行い、映像を創り、ラジオ・テレビ・映画の脚本を書き、作詞も手がけた。

作詞だけを取り上げても、歌詞提供のみに限ってもその数は100曲を超える。例えば以下のヒット曲は、すべて寺山の作詞である。

・涙のオルフェ（フォーリーブス）
・かもめ（浅川マキ）
・時には母のない子のように（カルメン・マキ）
・さよならだけが人生ならば（六文銭）
・酔いどれ船（緑魔子）
・あしたのジョー（尾藤イサオ）
・君にお月さまをあげたい（郷ひろみ）
・浜昼顔（五木ひろし）

「天井桟敷」の活動や作品が国際的に高い評価を受けたことについては、今更触れる必要もないだろう。今日も、日本のどこかで「寺山もの」が若い小劇団によって上演されているはずである。

今どきは、歌を唄う者を「歌手」とは言わない。満足に音程もとれない唄い手であっても「アーティスト」である。ここで、そういう紛《まが》いものと比較することは、余りにも寺山に失礼というものであろうからそれには触れないが、寺山こそは紛れもなく戦後日本を代表するアーティストの一人であろう。寺山以外にその名に値するクリエイターといえば、私には、黒澤明、小津安二郎、川端康成、そして、美空ひばりぐらいしか思い浮かばない。

津軽生まれの寺山は、国際的に活躍するようになってからも津軽弁と思われるイントネーションを残した喋り方をしていたが、私は彼の、津軽弁風競馬解説が特に好きであった。

寺山は、『競馬放浪記』において好きな馬一〇頭を挙げている。カブトシロー、テンポイント、ハイセイコー、メジロボサツ、テキサスシチー等、お馴染みの馬が並ぶが、馬に関しては私の好みと全く合わない。ところが、騎手については、吉永正人を贔屓《ひいき》にしていて、これだけは私の好みとピッタリ一致するのだ。

このことについて、私には今もなお軽い疑問が残っている。

吉永正人は、ミスターシービーを「差し馬」として騎乗することによって史上三頭目の三冠馬としたが、私にとって吉永正人といえば何といってもコウジョウである。典型的な「差し馬」コウジョウなのだ。一方で、寺山と競馬について私に染みついていることの一つは、寺山は「逃げ馬」が好きだったという印象なのだ。エリモジョージなどは、特に寺山は好きだったという記憶が残っている。

コウジョウという吉永のお手馬は、とことん「差す」ことしかできない馬だった。府中の向こう正面を流していく馬群をテレビカメラが捉えても、大概その中にコウジョウは見当たらない。遥か後方を走っていて、カメラに収まらないのである。つまり、向こう正面で既に二〇馬身以上離されているのが常だったのだ。府中の第四コーナーを回ってからの直線は長い。各馬壮烈な叩き合い！　直線も半ば、残り二百！　気がつけば、いつの間にかこのゴール前の叩き合いにコウジョウが加わっているではないか！

私は、これが好きだった。レースの条件（クラス）にもよるが、吉永コウジョウがこれで差し切って勝つのは、十レースか十五レースに一度ぐらいではなかったろうか。それでも私は、吉永コウジョウの馬券を買い続けたのである。

恐らく、寺山にとっての吉永正人はミスターシービーであり、私にとっての吉永はコウジョウであったということだろう。

それにしても、寺山は「逃げ馬」が好きだったということについては、私は確信をもっている。私のような平凡な競馬ファンにとっては「差し馬」の方がカッコいいに決まっている。「逃げ馬」が好きだということは、如何《いか》にも寺山らしいという気がするのだ。

日本中央競馬会（今のＪＲＡ）のＣＭで寺山は自作の詩を朗読したことがあった。やはり、津軽訛《なま》りが残っていた。
　カモメは飛びながら歌を覚え、人生は遊びながら年老いていく
　こういう寺山が肝臓を患い（肝硬変）、医者から死期を告げられた時、彼は、あと十年生かしてくれと懇願したという。医者が「なぜ生きたいのか」と聞いたらしいが、彼は、最後の十年は著作に専念したいからだと答えたという。
　その寺山の絶筆が、『墓場まで何マイル？』である。

　まだ若かった私は、「死がこんなに、華麗な訳はないさ」と、たかをくくっていたものだ。だが、今こうして病床に臥《ふ》し、墓の写真集をひらいていると、幻聴のようにジョン・ルイスの「葬列」がきこえてくる。
　寿司屋の松さんは交通事故で死んだ。ホステスの万里さんは自殺で、父の八郎は戦病死だった。従弟の辰夫は刺されて死に、同人誌仲間の中畑さんは無名のまま、癌で死んだ。同級生のカメラマン沢田はヴェトナムで流れ弾《だま》に当たって死に、アパートの隣人の芳江

さんは溺死した。

私は肝硬変で死ぬだろう。そのことだけは、はっきりしている。だが、だからと言って墓は建てて欲しくない。私の墓は、私のことばであれば、充分。

「あらゆる男は、命をもらった死である。もらった命に名誉を与えること。それだけが、男にとって宿命と名づけられる。」（ウィリアム・サローヤン）

――絶筆――

昭和五十八（１９８３）年、寺山は、覚悟していた通り肝硬変で入院、腹膜炎を併発して敗血症で死んだ。四十七歳という若さであった。私が、三十三歳という若造の時だった。寺山と違って、私は幾度かの瀕死《ひんし》の事故に遭《あ》いながらも毎度死にぞこない、おめおめとまだ生きている。そして、まだこの俗世《ぞくせ》に未練があるのだ。

ここでちょっと気取って寺山流に表現するならば、最近の状況から考えて私は肺炎で入院して死ぬだろう。直接の死因は別の名称になるかも知れないが、最後に入院するとすれば間違いなく肺炎である。せめてその時、本文でご紹介する女医さんＮＳさんに看取《みと》られて死ねば、多少でも救われる気がする。

勿論、私の場合はそれ以上に「孤独死」の可能性が高いが、その場合でも後で検死をされれば肺に異常があるはずである。さんざん長距離で鍛えた肺や心臓であったはずだが、実はその肺がもう悲鳴を上げていたのだ。

もとより今の住まいに越してきた時から、孤独死は覚悟の上である。逆に、それだからこそ、ここへ越してきたのだ。

絵に描いたような凡人である私は、恥ずかしながら、この期《ご》に及んでまだ現世に生々しい怒りや憤りを抱えている。全く達観していないのである。

明治維新という虚妄の歴史を一部でも正して、教科書の1行でも2行でも書き換えないと死に切れない思いがするし、絶えず侵略を企図している国と戦う時には、義勇軍に参加できるように身体を鍛えておこうと真剣に考えているし、理不尽な企業人は後進のために叩き潰しておきたいし、己の保身しか考えぬ官僚には鉄槌《てっつい》を下しておきたいし、何よりも天下国家の先々を考えぬ政治家を駆逐《くちく》しておきたいものだと、いつも切に想いを凝らしているのである。

これは決して、戯言《たわごと》ではない。私にとっては、公益を害する政治家や官僚に対する怒りも、日頃付き合っている企業の下請けいじめに没頭する中途半端な管理職に対する憤りも、全く同じ重さ、同じ深刻さで夢にまで出てくるのだ。

一方で、女医のNSさんや裏日本の未亡人も気にかかる。このままでは、彼女たちは可哀想ではないか。

現世に対する怒り、憤りと俗世に対する未練が交錯する中で書き記すこの非生産的な書き物は何かと問われれば、正直なところ返答に窮するが、敢えて強弁《きょうべん》すれば、現世に対する私なりの警告である。

それが無駄な抵抗であり、無益なあがきであることは分かっている。更に言えば、死にぞこないの世迷い言であろう。

立派な人は、世の中に立派な言葉を残して去る。死にぞこないの物書きは、恥を晒《さら》してひっそりと去っていくものだ。

そういう作法は心得ている心算である。正直にこれまでの恥を晒すこの書き物は、一応私なりの遺書であると気取っている。

一瞬、読み下していただき、笑い流していただけばそれで充分、幸せである。

なお、一部の奇特な読者が本書の刊行を心待ちにしてくださっていたことを知っている。何度も、何度も刊行が遅れたのも、偏《ひとえ》に私の怠慢であり、この場を借りて深くお詫び申し上げる。

平成二十九年丁酉《ひのととり》　雪待月《ゆきまちづき》　井の頭池にて　　原田　伊織

# 第一部　墓場まで何マイル？

## 1　修羅場

いつ頃からだろうか。所謂《いわゆる》〝修羅場〟状態が続いている。

本来、修羅場とは一時的なものである。ところが、今の「寝ている場合か」という状態は、昨年来ずっと続いている。そして、既に来年いっぱいまでは確実に同じ状態が続くことが確定している。原因のかなりの割合がマネージャーMにあると思っているが、冒頭からそれを言うと、本書の刊行にも影響を及ぼしかねないのでここでは自重したい。

おそらくMは、幾つかの版元と結託している。私はそうみている。決して私の味方ではなく、敵か味方かという二択の問いを強いられたら、M自身が、自分は敵であると答えた方が違和感が少ないのではないかという気がするのだ。

実は私は、己の能力を顧みず「二足の草鞋《わらじ》」を履いている。広告などの制作を生業《なりわい》とする小さな会社を経営しているのだ。このことが修羅場状態をもたらす一因になっていることも、事実である。

ご存じの読者も多いだろうが、大体制作会社という業態そのものが修羅場という仕事環境が付きものだとされているのだ。

それはおかしいという思いで、我が社ではできるだけ年間の休日日数を多く設定しているのだが、主たる得意先が制作という世界の常識を全く知らず、そのルールも全く守らないので、年に幾度となくスタッフも修羅場と呼ぶべき期間を過ごすことになってしまうのだ。原因の殆《ほとん》どが、制作会社と印刷会社の違いすら理解していないその得意先にあることは、はっきりしている。大企業という表面《おもてづら》に反し、その現場が悪質な〝ブラック〟意識に満ちていることはよくあることだが、彼らを矯正するには半端なエネルギーでは不可能である。

この種のことについては第二部に譲るとして、スタッフが陥るその状況を単に「多忙」というのは、日本語表現としては明らかに誤りである。実態は「戦場」と言った方が、的を射ている。

得意先の無知と傲慢《ごうまん》と怠慢によって発生するその台風が、スタッフは連日終電直前、或いは夜中三時、四時にタクシー帰りという非常識をもたらす。土・日曜日も出社という有様は、反面教師にしかならない私の若い時代と殆ど同じであり、私のもっとも嫌う現象である。若いスタッフから順に、体調を壊していく。

この世界の業務には、常に「節目」がある。代表的な節目が〆切というヤツで、物書きの世界の〆切とはかなり趣は異なるが、入稿〆切直前ともなると、職場は文字通り修羅場と化す。スタッフの目はつり上がってくる。表情は硬直してくる。寝不足で顔が土色になっている者が、目をつり上げて硬い表情で走り回っている光景は、職場の光景としてはやはり異様である。今更ではあるが冷静に観察すると、なるほど異様としか言い様《よう》がなく、無責任な言い方だが、皆は何の因果《いんが》でここへ集まってきたのかと思ってしまうのである。

同時に、自分たちだけは「ノー残業デー」などを設けて一流企業面《づら》をし、仕事上の約束したスケジュールなど守ったことがない得意先大企業に無性に腹が立つのだ。そういう時、私はいつも、お前たちの仇《あだ》は必ず俺が討ってやると、固く心に誓うのである。

もう二十年ほど前になるが、やはり三十名前後のクリエイター集団を率いていた時も、光景は同じであった。私自身の「定時」が毎日午前一時過ぎであり、睡眠時間は規則正しく三時間弱。翌日朝十時頃出社すると、床に〝袋詰めの荷物〟が幾つも転がっていた。スタッフが寝袋に入って転がっているのだ。女性もいる。帰宅する時間を惜しんで、会社のフロアで仮眠をとるというスタイルである。

また、それ以前にテレビ番組制作の裏側の仕事をやっていた時も酷かった。視聴者参加の某人気番組の収録現場。制作会社の若い女性ADが、常に数名走り回っている。番組制作という世界のADとは、その頃は人間扱いされていなかった。

当時、局や広告代理店の新入社員の初任給は既に二十万円を超えていたが、ADの給与は平均的には五万円程度。この給与で、〝雑巾《ぞうきん》〟のように使われるのだ。皆、先に夢を描いて我慢をしているのだが、これは「平成版女工哀史」と言っていい。

某番組の収録現場で、子供づれで参加していた出演視聴者がいて、女性ADが子供の面倒をみていたら、その五、六歳とみられるガキがひと言。

「おネエちゃん、臭い！」

確かにその二十一、二歳の女性ADは、既に一週間ほど収録現場に缶詰状態であり、当然風呂には入《はい》れていない。多少は、汗臭いかも知れない。しかし……である。同じようなスケジュールで動いていた私は、一瞬そのガキを蹴り上げようかと思ったが、大声で喚《わめ》かれでもしたら収録に差し障る。ディレクタークラスの者はADのことを「乞食」と称することがあったが、斯《か》様《よう》に番組制作現場におけるADの生活とは酷かったものである。今は改善されているはずである。と信じている。

やはり番組制作の裏業務で、年末特番に関わったことがあった。年末特番はナマが結構多かったのだが、同時間帯のナマを二本掛けもってしまった。二つの局にスタッフを分け、私はタクシーで行ったり来たり……。これも過酷であった。

除夜の鐘を、スタジオで聞いた。疲れ果てた身体をタクシーの座席に埋め、元旦未明の高速を自宅へ急いでいた時、ふと気づいた。この一年、364日仕事場へ出ていたことになる……この前の休日は、一年前の元旦だった……今始まった新しい一年は、〝頑張って〟もっと休もう……これが、新年の誓いとなった。

一年後、再びチェックしたら、仕事出勤は348日（と記録されている）に減った。人間、何事も努力が肝要である。一年は通常52週である。348÷52＝6・69……。ようやく一週間に0・31日ほど休んだことになる。

もっと酷かった日々がある。お断りしておくが、これらはすべて「恥じ話」である。自慢できる要素など、微塵《みじん》も含まれていないことを明確に申し上げておきたい。

旅行のガイドブック制作の仕事。受注量の判断を誤った。やり出したら、一週間に一晩、二晩の徹夜を繰り返しても土台《どだい》無理であることが分かった。しかし、受けてしまったものはやらねばならない。それも期日までに入稿しないと、発行日が狂って大事《おおごと》になる。

そこで、「徹夜」という概念を捨てた。限界まで寝ないでやる。もうダメだ！　となったら、ソファーで仮眠をとる。その間、別のスタッフが引き継ぐ。仮眠を一時間～一時間半程度とする。長くなると、逆に身体のリズムが大きく狂う。仮眠の後、再び仕事に戻る。これをまた、限界まで続ける。この間に仮眠をとるスタッフがいる。つまり、絶えず仕事を動かし、止めないようにする。再び限界がきたら、また仮眠をとる。これを、延々繰り返した。

途中から、曜日が分からなくなる。次いで、日にちそのものが怪しくなる。食糧は近くのコンビニで調達する。これは、適宜身体に補充する。仕事と仮眠と飢えないための食糧と排泄……これ以外のことは思考から切り捨てるのだ。

こうやってその仕事が終わった時、季節が移って夏になっていた。ということは、一ヶ月半の間、ベッドで寝るということを放棄し、ソファー仮眠だけで死闘を繰り広げたことになる。遂に終わった‼　栄養をつけよう！　ということになり、うな重を買いにいこうと外へ出た時、思わず目を瞑《つむ》った。陽射《ひざ》しが眩《まぶ》しい！　梅雨時《つゆどき》に仕事に入ったのに、いつの間にか外の社会は「太陽がいっぱい！」であった。

振り返ってみれば、こういう生活を半世紀近く続けてきたことになる。私を知る人たちが、私は現場で死ぬものと決めつけているのは、こういう環境に生きてきたことを知っているからであろう。これについては、彼らの期待を何としても裏切ってやる心算《つもり》である。

こんな現場で死んで堪《たま》るか！　見事に期待を裏切って、畳の上で死んでやる。西部開拓時代のカウボーイたちも「ブーツを脱いで死ぬ」ことを願ったではないか。高齢者の独り暮らしとしては枕元に誰もいなくても、士族の末裔としては畳の上が死に場所である。蛇足ながら、切腹も、畳の上でやるのが格上の切腹であることは言うまでもない。

このような修羅場で倒れるのは、大概若い時である。というのは、肉体的な体力もさることながら、実は精神的キャパシティが、修羅場克服には大きく作用するのだ。一般に、老人（今や私も含まれるが）は、体力は衰えているが精神的キャパは若者より広い。更に修羅場を何度も体験しているから、長期戦の修羅場になった時、フィニッシュまでの力の配分を自《おの》ずと考えているものだ。私自身がそうであったように、若者はといえば、瞬発体力はあるがまだ精神的キャパが十分ではないことが多い。結果として、先に倒れるのは若者であることが多い（一般に今の四～五十代男は別。これは二十代の若造より早くダウンする、もしくは端《はな》から修羅場にはついてこれない）。

私も二十代の時、病院に担ぎ込まれたことが一度あった。深夜業務、土・日出勤の連続に合間に週三日の徹夜が入り、更に合間に夜間のオープンカレッジへ顔を出すという状態が延々と続いた結果の戦線離脱であった。病院では、心電図、血液検査から始まって胃液採取に至るまで、徹底的に検査された。私にとっては、血液検査、尿検査以外はすべて生まれて初めて体験する検査であったが、何も異常が検出されなかった。医者が、

「一週間ほど病院で寝ていきなさい」

と苦々しい顔で宣告したことを昨日のことのように覚えている。

会社事となれば手っ取り早い目先の対策は、戦力を導入することである。今どきは、募集広告がサイトにアップされれば、忽《たちま》ち多数の応募者が殺到するのだが、果たして若者を採るのか、キャリアのある年配者か。適性検査に「徹夜」という一項を入れるわけにもいかないだろうし……面接で精神的なキャパが分かるわけでもなく……どうせ直ぐ脱落するのならビジュアルだけで決めても同じことだし……そうなれば、男より女の方が美しいわけであり……この業界の

修羅場に悩み事は絶えない。

最悪であるのは、近頃は私の物書きとしての生活そのものが、「毎日が修羅場」と言っていいほどの惨状を呈していることだ。

実は、物書きとしては今もまた、限界まで書く、ソファーで仮眠、そして再び、ということが多くなってしまったのである。その合間に会社へ行っているような状況は、スタッフに申し訳ないと感じつつ、その前にいい歳してみっともないと言う以外に言葉を知らない。

意地でも畳の上で死んでやる！　と啖呵《たんか》をきったが、ふと気づけば我が寓居には畳が存在しない。これでは、切腹すらできない。今真剣に、夜中の通販番組に畳のヨガマットでも出てこないかと、書き物の合間に通販番組を視ているという情けない毎日である。

正直なところ、マネージャーMは、せめて畳のヨガマットくらいは探すべきではないか。既に来年一年間の書き物スケジュールを入れてしまった張本人なのだから。

## 2　生殺《なま》し

幼い頃の私の田舎に「蛇の半殺し」という言い方があった。多分、今の子供たちは使っていないであろうが、意味は説明する必要もないだろう。往時の田舎の子供の生活は、ワイルドと言えばワイルドであり、時に残酷でもあった。「蛙《かえる》釣り」や「がま蛙退治」なども、同様にワイルド、或いは残酷な田舎の子供の遊びであった。

その祟《たた》りであろうか、今から確か五年前、いやもう六年前のことになるが、私は「半殺し」ならぬ「生殺し」と言っていい〝報復〟を受けたことがある。

体調に少し異変を感じたのは、その頃の業務記録をチェックすると、四月十四日のことになる。永年の「修羅場」生活を顧慮《こりょ》すれば、時にこんな日があっても不思議ではないと、その日は高《たか》を括《くく》っていたのである。

ところが、翌日には身体の節々《ふしぶし》が痛み、自分も風邪をひくようになったかと、情けなくもあり、〝感慨深く〟もあった。私はもともと風邪をひかないのだ。「バカは風邪をひかない」の言葉通り、風邪やインフルエンザとは無縁であった。

都会人の方は、風邪とインフルエンザは違うと仰《おっしゃ》るかも知れないが、古い田舎者の私には今もその違いがよく分かっていないのだ。恐らく私は、インフルエンザの女性とディープキスを交わしても、まず感染《うつ》らないだろう。正真正銘の田舎者とは、そういうものである。

それはともかく、翌々日、四月十六日の夜になると咳もひどくなり、慌ててコンビニへ体温計を買いに走り、熱を測ってみると39度であった。すかさず、「こりゃ、気管支炎だ」と自己判断を下した。

というのは、気管支炎というのは私の唯一経験のある疾病《しっぺい》で、まだいろいろな無茶をやっていた三十代の頃、一度40度の高熱を出して病院のお世話になったことがあるのだ。その時の診断が「気管支炎」で、疾病というものに関する、私の貴重なキャリアである。

高熱が出る時の感覚というものをその時体験し、それと同じだと感じたのである。その日十六日は金曜日であり、私は、土・日で自力回復すると見込んだ。念のため、市販の風邪薬を買ってきて、飲んでおいた。

ところが、土・日が明けてもどうもすっきり回復しない。夜になると、38度の熱がぶり返したりする。回復力の落ちていることに無性に腹が立った。「もう治っていいはずだろうが！」という、見込み通り事が進まない怒りでもある。

明けて十九日、月曜日。この日から一週間会社の健康診断が設定されていた。型通りではあるがスタッフ全員、日頃酷使している身体に異常はないか、チェックするのだ。「仕事だと思って全員必ず受診すること！」などと、余り似つかわしくないフレを毎年事前に流す私は、どうみても立派な保健経営者である。勿論、範《はん》を垂《た》れるべく、私も受診する。

私は、二十一日（水）に組み込まれていた。十九日になっても、熱は完璧には下がらず、身体は揺れるように不安定。しかし、健康診断を受ける二十一日は目の前だ。健康診断で訪れた時に診てもらえばいい。二度手間だ。この判断に従って、十九、二十日を耐えた。

そして、健康診断が設定されていた二十一日、発熱から六日目。クリニックの受付に立った私は、どうみても「健康」を「診断」するまでもない状態に陥っており、「診断」より「診察」だということになり、直ぐ胸部レントゲンを撮られたのである。

この期《ご》に及んでも私は、胸のレントゲンは健康診断ならどうせやることだなどと考えていたのだが、再び通された診察室では医師の顔色がすぐれず、彼は憔悴したように、

「肺炎ですね……それも間質性肺炎の可能性が高いですね」

と告げた。

そして、直ぐＣＴを撮るということになり、翌々日の二十三日（金）、ＣＴ・ＭＲＩの専門機関でＣＴ撮影となった。

実はその年、私の左目の視野が一部、といってもかなりの一部であるが、欠損していることが判明し、眼科的原因が何も発見できず、何とか欠損の原因を突き止めようとするしつこい医者の所為《せい》で、私は脳のＣＴ検査・ＭＲＩ検査を複数回受けていたのである。それでも視野欠損の原因は、解明されていなかった。世の中には、原因の分からぬことなど珍しくもなく溢れているのだ。

そのことがあって、今年は検査と称して結構な量の放射線を身体に浴びているなぁなどと考

えながら、CT検査のフィルムを受け取り、それを持って件《くだん》のクリニックへ急いだのである。

実は、この時点でまだ私は間質性肺炎の恐ろしさを実感していなかったところがあった。説明を受け、頭では理解している心算《つもり》なのだが、身体が受けつけていないのだ。医師の説明に加えて自分でも調べてみたのだが、それらを信じていなかったということではない。多分、医師の言う通り間質性肺炎なのであろう。しかし、どこかで「身体主義者」の私の身体感覚がそれをまだ十分に受け容れていなかったのだ。

間質性肺炎とは、美空ひばりの命を奪ったことで知られている。彼女の命日は、私の誕生日であるという意味のない関連を考えることがあったが、このままだと間質性肺炎というもう一つの関連が加わるという事態となったのだ。

この肺炎は、普通の肺炎とは全く原因も性格も異なるようで、二つの決定的な特徴をもっている。一つは「致命的」であること、いま一つは「治癒が困難」であることだ。つまり、手っとり早く言えば「治るということはなく死に至る」ということなのだ。

具体的には、スピーディに呼吸不全を惹き起こし、死に至るという。稀に慢性的な症状を呈することもあるらしいが、その場合の生存期間は三年から十年とされている。

間質性肺炎の原因は幾つか指摘されるが、薬物に因るケース、先天的なアレルギーに因るもの、放射線に因るもの、そして悪性腫瘍＝ガンに因るものなどが挙げられる。これらに当たらず、原因がよく分からないケースを「特発性」と分類することがあるらしい。特発性の間質性肺炎は「特定疾患」に指定されており、完治させる有効な手立てはない。

クリニックの医師は、私の肺炎について、当初はこの「特発性」ということを疑っていた。CT検査結果のフィルムを持ってクリニックを訪れた私は、ここで決定的な診断を受けた。私の間質性肺炎の原因は、肺がんであるという。肺がんがあって、それが間質性肺炎という現象を惹き起こしているというのだ。従って、間質性肺炎のことは一旦思慮の外におき、まずは肺がんのことを考えなくてはならないという。

不思議なことに、私の身体感覚はこの肺がんであるという通告を素直に受け容れた。同時に、今まずやらなければいけないことは何か、次の出版は間に合うか、破棄すべきものと残すものは何かといったことが一気に頭を支配した。医師と話して落ち着いた結論は実に平凡なことで、まず客観的なデータを正確に把握しよう、即ち、確定診断を得ようということであった。

どこかの専門医と設備の備わった病院へ確定診断を得るために行くことになったが、どこがいいか、医師と二人でその選定に入った。医師は、自分の人脈、呼吸器内科専門医の有無、過去の取り扱い件数、私が闘病しながら時に会社へ顔を出すことを想定したロケーション、身内の者が訪れ易いロケーションなどについてさまざまな見解を述べ、私の意見も聞いて最終的に三鷹のK大学病院にしようということになった。

予約はクリニックで行ってくれるということで、私は問題のCT検査フィルムと紹介状を持ってクリニックを後にした。診察時間外の静かな診察室で医師が最後に何度も繰り返した言葉が蘇った。

「これは手ごわいですから」

「手ごわい」……普通に考えれば、意味するところは一つであろう。

その間仕事は続けて、私がK大学病院を訪れたのは、発熱から既に二週間近く経っていた四月二十八日のことであった。朝から土砂降りの雨。最悪の予定が入っている日は、大概最悪の天候となる。

このK大学病院で、再度X線検査や血液検査などを受けて担当医が下した診断……これがまた実に厄介な診断であった。先のCT検査フィルムは持ち込んでいるし、クリニックでの検査データも送られている。その上での診断なので、当方は余計に困惑したのだ。

曰く、

① 肺がんの可能性がある

② 肺がんではない可能性がある

③ 間質性肺炎ではない可能性が高い

どっちやねん‼

病名を断定することは、素人が考えるほど易しいことではないであろう。しかし、部分的にはクリニックでの初断と明らかに異なっている。これでは、肝心の肺がんの可能性も五分五分ということではないか。五分五分ということは、丁か半のどちらかということである。病院は賭場《とば》ではあるまいし、つまるところ、どう考えろというのか！

これを、患者の「生殺し」と言う。

当方は、既に切除か抗がん剤治療か、という闘病方針にまで踏み込んで初断の医師から説明を受けている。その場合、ロケーションとしてK大学病院が適しているかどうかも検討項目に入れていたからここへ来たのだ。

病院では、ゴールデンウィーク明けの六日に再検査を行うという。私にしてみれば、再々検査である。推量でいい加減なことを言うより、分からなければ何度検査を行ってもいいが、生殺しというのは堪《こた》えるのだ。

男と女の間でもそうではないか。その気もないのに思わせぶりな態度をとるのは、男に対しても女に対しても罪な話である。付き合う気がないのなら、はっきり言うべきであろう。肺がんなら肺がんでいい、この際！

要は、はっきりせよということだ。

世間様はGWである。これを分散させようというバカ議員がいたが、混み合うのも、渋滞するのもＧＷのＧＷらしい現象だとは思わないか。その「らしさ」があるから、人は必死になって休みの計画を立てるのだという人間の心底の楽しみを解せぬバカ議員の集まりだからこそ、例えばその頃始まった子供手当などという愚策に満足しているのであろう。

いずれにしても、世間様の幸せウィークの間、当方は生殺しのままである。やはりあれは「蛇の半殺し」の祟りであったのであろうか。

肺がんという告知を受けたあの日の帰路、見慣れた景色にも異なった色彩が加わった。駅の改札でＩＣカードの金額が不足していたのか、ピンポ～ンと引っ掛かっている人、閉まりかけたエレベーターに息せき切って走り込んできて、恥ずかしそうにしている女の子……すべての人の、とるに足らぬ営みが愛おしくみえた。

何よりも、いつも見ていたはずの夕焼けの美しさに驚いた。ごくごく普通の夕焼けのはずであったが、武蔵野の夕陽とはこんなにも美しかったのか。太宰が『東京八景』に武蔵野の夕陽を入れた心情が、初めて分かった気がしたことを覚えている。

その中で、己を客観視しなければ、と定めた覚悟が揺らいでいた。いずれにしても、ＧＷ明けの六日こそは確定診断が出る。Ｋ大学病院の下した中途半端な診断を思うと、六日は「丁半バクチ」のサイの目を確かめに行くようなものになったのである。

## 3　祟《たた》り

幼い頃の「蛇の半殺し」が祟って、私の「生殺し」がしばらく続いた。肺がんと間質性肺炎のことである。

六年前と記憶するゴールデンウィーク明けの五月六日、K大学病院で、街のクリニックから数えると再々検査を含む再々診断を受けた。その結果、一週間後、つまり十三日にもう一度検査を行うという。祟りとは、こんなにしつこいものなのか。通算すれば、再々々検査である。

ところが、同時に、

肺がんの可能性は低い

間質性肺炎の可能性も低い

という診断を受けたのである。つまり、翌週十三日の再々々検査とはこれらを断定する「確認」検査になるのだ。

それにしても、何ということか。凡《およ》そこの世に、肺がんの誤診などということがあり得るのか。

いや、安心するのも怒るのもまだ早いと思い直した。正確に言えば、「可能性は低い」というだけで、可能性が消えたわけではなかったのだ。一週間後には、真っ青になっていないとも限らなかったのである。その意味では「生殺し」が続いていたということになる。

改めて、それにしても、である。私の受けた初診は何だったのか。「間質性肺炎」とそれを惹き起こしている「肺がん」は、初診の段階でほぼ断定されていたのである。正直なところ、覚悟したのだ。

これでもう、私は何も書けなくなるのだ。〆切間際の徹夜もできなくなる。徹夜どころか、逆に、過去のあらゆる目的での徹夜を補うように、永遠に寝るのである。

そして、その頃も今も小さな組織ではあるが、会社はどうすればいいのか。通常、こういうことは本人が心配するほどのことはないのである。後は何とかなるのが普通である。だが、それは一定規模以上の組織について言えることであって、自分たちには当てはまらないのではないか。いや、それが過信なのだ……等々、頭の中をさまざまな想いが堂々巡りを繰り返したのである。

そもそも、簡潔に言い切れば、クリニックにおける初断は、所謂《いわゆる》「誤診」ではないか。そして、この場合、誤診であったことを喜ぶべきか。喜ぶべきなのだろう。しかし……そのあたりも実に複雑であったのだ。

仕事にミスは付きものである。ミスを犯したからといって、一々部下をどやしたり、ミスから逃げていたりしたら、それこそ仕事にならない。敢えて無責任なことを言うが、二十代などという、生意気だけが取り柄の、勢いだけで生きている時代は、社長や部長が真っ青になるぐらいのスケールのでかいミスを一度ぐらいはやっておくべきであろう。三十代も後半になってそれをやれば、単なるバカである。四十代にもなってそれをやれば、人として失格であろう。

とまあ、今でもこのようなもの分かりのよさそうなことを考えることはあるが、初断を下した医師は二十代の若造ではなかった。既に、五十代にはなっていると見受けていたが、四十代で失格なら五十代の場合は何と言えばいいのだろうか。

一週間後の十三日、その初診が「大誤診」であったことが確定したとする。その場合、医者嫌いを売りにしている私とすれば、歴史的な大激怒をしてもおかしくないはずであった。ところが、我ながら不思議なことに、なかなか怒りが湧いてこなかったのである。どうしたことか。怒るエネルギーも奪われていたのかも知れない。

悶々《もんもん》と過ごした中間を割愛する。

結局、私は検査入院に追い込まれたのであった。この入院は一日、二日で終わるものではなく、結果的に約二週間に及んだのである。

ところが、ここで更なる悲劇が発生した。今にして思えば、よほど年回りが悪かったのであろう。いや、やはり祟りであったに違いない。

入院後、気胸《ききょう》が発生し、この治癒を早めるために酸素の吸入まで行ったりして単なる検査入院とは言えない様相を呈し、胸水を抜くという「治療」もあって私の身体は「病人」のそれになってしまったのである。個室とはいえ病院での生活は、やはり病人を創ってしまうようだ。気胸を起こして、胸水が溜まっていれば立派に病人だと言えるかも知れないが、もともと病人であるという自意識＝自覚をもち合わせていない人間でも、入院したのだと思った瞬間に、立派に病人になってしまうものであるに違いない。

胸水は、病理検査に回された。三度に渡って検査に回された。つまり、入院期間中に三度胸水を抜かれたのである。

また、私は痰《たん》の出ない性質《たち》で、痰を採取して検査するということができない。そこで、胃液を採取された。目覚めた直後の人間の胃には、痰も溜まっているという。痰を外へ出さない人間は、体内で処理しているというのだ。人生二度目の胃液採取。胃カメラを一度も呑んだことのない人間が、二度も胃液を採られるという不運。そして、文字通り連日の胸部レントゲン検査、連日に近い採血と更にはＣＴ検査。やはり、それは紛れもなく検査入院であり、放射線も、これによって「がん」を発症するのではないかと危惧するほどたっぷりと浴びたのである。

そういえば、私の幼少時代は原爆・水爆実験が盛んであった。アメリカ、イギリス、フランスというかつての列強諸国が、南太平洋を中心エリアとしてまるで夏の花火大会のようにバカスカと「実験」という花火を打ち上げていたのだ。第五福竜丸が被曝したのも、その頃である。

当然、日本にも「死の灰」と呼ばれた放射性物質が押し寄せてきていた。人びとは、雨が降ると放射能が混じっているとして雨の降ることを恐れたものである。広島、長崎の記憶もまだ生々しい時代、その雨を浴び過ぎると髪の毛が抜けるというのだ。科学的な根拠があるのかどうか、それは知らない。

そうなると、私ども悪ガキは、競って雨の中を走り回るという遊びに興じた。一種の度胸試しである。夕立でも降ろうものなら、真っ先に飛び出さないと悪ガキの大将は務まらない。大将を張るには、臆病者というレッテルを貼られることは許されないのである。そもそも「蛇の半殺し」自体が、同じ種類のものであったと言える。

かくして私の身体には、正確にして独特の放射能というものに対する危険度を察知する確信が培われたような気がする。恐らくこの確信は、中国製のガイガーカウンターよりは正確であると、今でも信じている。先の大震災の時、いち早く福島産の米や野菜、牛乳を取り寄せようと必死になったのも、この確信があっての怒りがあったからである。

そのことはさておき、祟りによる検査入院も悲惨なことばかりではなかった。

私の担当医師団は三名であったが、全員が若かった。しかも、内二名が女性、主治医は女性という、私にとっては願ってもないチームであったのだ。主治医のＮＳ医師が三十代ギリギリか四十歳かというところ、あとの二名が二十代という編成である。しかも、ＮＳさんは、紛れもなく私の好みにはまっていた。祟りによる悲惨な入院生活の中にも、神は私を見捨ててはいなかったのである。

ある日、ＮＳさんが私に言った。

「残念ながら、今のところはまだ尻尾が掴めません」

私は、内心笑ってしまった。このチームは、よほど私の肺がんの確定に一生懸命だったとみえる。そして、それを願っていたとさえみえる。肺がんの確証が得られないその時点の検査結果について、「残念ながら〜」ときた。

それに「尻尾が掴めない」という表現も笑える。明らかに「肺がん」という犯人がいて、そのことが明白に分かっているのに足取りがまだ掴めない……まるでそんな感じではないか。悪かったねぇ、ＮＳさん、がん細胞がめっからなくて、とでも言いたくなる、そんな途中結果の解説を受けていたのである。

六月五日、土曜日、朝早めにレントゲン検査を受け、それを確認して医師チームは六日の退院を正式に決め、パソコンを傍《そば》に置いて大量のＸ線画像や検査データをモニターに時系列に表示しながら、これまでの経緯、見解をＮＳさんが、懇切に一気に説明した。どうしてここまで溜めておいたのとでも言いたくなるほど、累積データを一気に吐き出しながら解説したのだ。しかし、これは非常に分かり易かった。

実はこの日まで、私は、「先生、どうでしょうか？」などという、途中経過、途中での判断を一切聞かなかったのである。こういう事態に陥って、途中経過なるものを聞いても全く意味がないと思ったのだ。

ＮＳさんの一気の解説で特に納得できたことは、医師チームが何故そういう判断をしたかについて、データを提示しながら説明したことである。判断の根拠を示したことなのだ。その時点で、私の胸腔内にはまだ胸水が溜まっていた。気胸も完全には治っていなかった。そういう状況で、何故今後は経過観察で可、という判断を下したか、そのあたりが私にとって分かり易かったのだ。外的な、或いは心理的な現状だけを観察すれば、私自身が退院が怖くなる、そういう現状であっただけに、私はこの若いチームの判断と対応に、どこか他人事《ひとごと》のように感心したのであった。

そして、改めて思った。

そもそも四月の終わりに、私に肺がんと間質性肺炎という診断を下したのは誰か。五十代の開業医である。

慌てた私は、会社の今後のことなどを顧問会計事務所とも相談するなど、最悪のシナリオを描いた対処に入った。小さな組織とはいえ、ここを根拠として回転している生活が幾つも存在するのだ。私のような偏屈《へんくつ》な人間でも、組織が小さければ小さいほど代表する者の与える影響は大きい。慌てるのが普通であろう。

今、結果が判明して改めて振り返るのだが、四月終わりの「肺がん」とそれに伴う「間質性肺炎」という初診は、明らかに誤診ではないか。このことは、前述した通り、K大学病院へ来た初期の時点で既に可能性が高くなっていたが、検査入院までして行った執拗な検査の結果、医学的に明白になったのだ。繰り返すが、開業医の初断は誤診であったのだ。

肺がんと宣告されていながら肺がんではなかったという事実は、喜ばしいことに違いない。その所為《せい》か、不思議と怒りが湧いてこなかった。恐らく、時間経過の問題もあったことだろう。

病人になってしまった身体とは何とも覚束《おぼつか》なく、心もとないものである。宇宙から帰還した直後の宇宙飛行士もかくありなんと得心《とくしん》するほど、身体が不安定なのだ。〝社会復帰〟した直後は、社会の厳しい波動を受けて身体がぐらぐらと揺れるような気がした。こういう時は、よほどしっかりと足を踏ん張って、意識して胸を張って歩かないとダメである。見知らぬ人にも「病院帰り」が直ぐバレてしまうだろう。

こういう数日を経て身体が元に戻ると、そこで初めて今まで眠っていた怒りが目を覚ます、はずであった。肺がんでなくて良かった、では済まされないだろ！　と、改めて怒りまくる、はずであったのだ。

実際のところ、初診によって大きな精神的苦痛を味わい、それが誤診であったということであるから、もし私が、精神的苦痛を味わったことに対する賠償を求めたらどうなったであろうか。恐らくその訴えは、成立したのではないか。

ところが、ＮＳさんの存在が影響したようで、私は迂闊《うかつ》にも怒ることを忘れてしまったのである。

六月は、私の誕生月である。江戸の川柳に言う。

正月や　冥土の旅の一里塚
めでたくもあり　めでたくもなし

そう、この歳になると、嬉しさなど微塵もないのだ。

しかし、命について何事かを知らされた以上、誰にとっても限りあるこの命を使って生きる時間と、真摯に向き合っていかなければならない、などと、私にしては殊勝なことを考えてしまった出来事であった。

できれば、命と向き合うように、ＮＳさんともっと真摯に向き合いたかったと、少し回復すると相変わらず不埒《ふらち》なことを考えていたのだが、人はこれもまた病気というかも知れない。

## 4 拾った命です！

肺がん誤診騒動は、とんだ災難ではあったが、NSさんという魅力的な女医さんが主治医であったことが唯一の救いであった。人はどのような境遇に陥ったとしても、前を向いていさえすれば何らかの幸せを得るということだと納得したのであった。

私は、月に一度通院してフォローチェックを受けることになった。月に一度というのはちょっと少ないだろうと思ったが、さすがに回数を増やしてくださいとは言えなかった。それでも、しばらくは月に一度ではあるが、確実にNSさんに会えるのだ。常にポジティブに考えることは、私の数少ない取り柄である。

ところが、退院後、二度目のフォローチェックの時のことである。

この時は、二日間連続でのチェックとなった。といっても、一日目に幾つかの検査をまとめて行い、その結果をチェックして翌日診察を行うという、待ち時間をできるだけなくそうという、NSさんの配慮であった。

ところが、この時私には若干後ろめたいところがあった。

それは、退院の際の、入院中最後の診察の時のこと、私の生活スタイルの変更がまず不可能であると悟ったNSさんは最後にちょっと優しく言ったのである。

「困った人ねぇ……じゃあ、タバコだけはやめましょう！」

午前零時に就寝するとか、睡眠を五時間はとるとか、土日だけでも朝散歩するなどと、私にしてみれば浮世離れしたような注文ばかりが続いた後である。それまで、できっこないでしょ、と小ばかにしたような反応しか返せず、これじゃＮＳさんに嫌われるかなと小さな不安が頭をもたげていたタイミングに飛んできた、最後と思われた注文であったのだ。

私は、それを受けてしまったのである。

その時、ＮＳさんは嬉しそうであった。カルテに何か書き込みながら、笑みを浮かべて一度私を見て、

「約束ですよ！」

と、朗《ほが》らかに言った。

私は、それを否定しなかったのだ。彼女の嬉しそうに変化した表情を見て、それを拒否することなどできなかったのである。

タバコをやめる……何と大胆な、また愚かな約束をしてしまったのか。これは、男と女の約束であるから、破るわけにはいかないではないか。

退院直後は、私は、敢えてタバコを常に胸ポケットに入れ、カフェでは喫煙席を選んで席を取り、いつでも吸えるという状況をつくって禁煙に努めた。これは、男と女の約束だからと自

らに言い聞かせて頑張ったのである。

しかし、傍《かたわら》に約束の相手である女性がいないことは悲しいことである。努力のし甲斐というものが実感できないのだ。

結局、その後の一ヶ月強の間に三度、禁煙を破ってしまった。三度の合計本数は五本であった。それまでのことを思えば、一ヶ月強の間に五本といえば禁煙しているも同然と言えなくもないが、本数は別にして「吸った」という事実があり、従って禁煙の約束を破ったことになる。

男女の遠距離恋愛を論じる時、やはり、会わなきゃ、という言い分がある。人間は、特に男と女は、会っていてはじめて恋愛関係が成立する、或いは維持できるものだというのだ。私は、これは多分当たっていると思っている。それまでどれほど順調に関係を保っていたとしても、男が鹿児島へ転勤し、女が東京に残れば、盆暮には会ったとしても二年もこのような状態が続けば多分アウトであろう。

私たちは強い気持ちで結ばれていますなどと言っても、会って顔を凝視《みつ》め、姿を目に収め、声を耳に留め、香りを嗅ぐということを欠いては、関係は維持できないと考えた方がいい。

これと同じことである。フォローチェックが毎週あって、毎週NSさんの診察を受けていれば、恐らく完璧な禁煙が続いていたに違いない。私は、今でもタバコと肺がんの発症との間に因果関係は存在しないと信じている。つまり、そもそもこの時の禁煙は、動機が動機だけに、この結果は仕方がないのだ。

多少の後ろめたさと共に診察室に入るや否や、ＮＳさんは、

「お元気ですか？」

と挨拶代わりに聞くと、直ぐ神妙な雰囲気を醸《かも》し出し、やや沈んだ調子で、

「その後、どうですか？」

と、心配げに具合を聞いた。私の自覚症状を聞いたのである。

「いや、大丈夫です、自覚症状としては、ですが……」

と返すと、

「ですね！　いいですよ、とてもいい結果ですよ‼」

と最初の問いの調子とは打って変わった明るい調子で、モニターを見ながら弾んで応《こた》えた。医師としては何だか妙であるが、アバタも笑窪《えくぼ》ということであったとしてもこのように豹変するのも彼女の魅力であった。

確かに、この一ヶ月で私の肺の症状は飛躍的に改善されていた。胸水は殆ど消えていて、結節影《けっせつえい》も消滅、左の肺は素人目《しろうとめ》にも綺麗になっていた。おかしなもので、水害の後のように、ここまで浸水しましたよと言わんばかりに胸水のあった箇所には〝残影〟が認められた。結節影の消えた後も同様で、ここに存在したという〝面影〟が残っているから面白い。

面白いといえば、ＮＳさんが指摘する通り、私の左の肺はさんざん各種ダメージを受けてきたのであろう、右の肺より明らかに小さい。

「これは治りません！」

こういうことを彼女は、語尾まで明瞭に平然と断言する。これも彼女の好ましい特徴であって、要するに根拠のない慰めや希望的観測は一切言わない、一方でネガティブなことであっても、事実は明確に断言するというタイプなのだ。

血液検査結果を含めて、ひとしきり解説してくれた後、ＮＳさんはそのまま澱《よど》みなく、

「禁煙はどうですか？」

と訊いた。

きたっ〜！

正直に告白する。

「実は、三回だけ……」

「そうですか」

急に、味も素っ気もない返事に激変した。本数も聞いてくれよと思ったが、彼女は黙ってＰＣのモニターを見詰めて、それ以上何も聞かない。

こりゃ、怒ってるな……。ヤバかったかな、嘘でも禁煙は続いていると言うべきだったかな、

と多少後悔した。

しかし、彼女に嘘を言っても、私の嘘の言い方はお世辞にも上手《うま》くないから見抜くだろう、などと短い沈黙の時間を耐えていたら、ＮＳさんは毅然と言った。

「ここまで綺麗になっている。節煙の効果です！」

ん？　そもそも肺がん宣告から始まった私の今回のケースにおける「綺麗になっている」とは、そういうこととは違うんじゃないの？　と思ったが、反論できる立場ではない。既に彼女は「禁煙」という言葉を捨て「節煙」に切り替えている。一瞬にして切り替えた。厳格といえば、男のように厳格である。

そして、続けて彼女は、例によって語尾まで明瞭に、涼やかに言い切った。

「拾った命です‼　この状態を維持してください！」

「拾った命」って……肺がんは誤診だったわけでしょ？　間質性肺炎も誤診だったわけじゃないか⁇　こういうのって、「拾った命」でいいのか、国語的に⁇　いやいや、反論できる立場ではない。

これまでの人生でやたら事故などの多かった私は、「死にぞこない」と言われたことは何度もある。しかし、「拾った命」と言われたのは初めてである。いや、いや、やはり異議申し立てのできる立場ではない。

彼女は直ぐ元の雰囲気を取り戻し、規則正しく食事を摂る大切さ、仕事柄とはいえ不規則な生活の害を説き、今日を最後にこれ以上のフォローチェックは必要ないことを告げ、今度は笑顔を交えて凜と宣告した。

「二度とお会いしないことをお祈りしています！」

これが、慢性腰痛か何かで通院しているとでもいうのなら、

「いえ、またお会いしたいです」

と言ってもいいのかも知れないが、ここは呼吸器内科である。益《ま》して私は「拾った命」の持ち主である。

「お世話になりました……」

まるで、経験はないが刑務所を出所する時のような、うなだれて言うような挨拶しかできなかったのである。

病院の外は、猛烈な暑さであった。ここで熱中症で倒れたとしても、呼吸器内科へは運ばれないだろうな、などと考えながらタクシー乗り場へヨロヨロ歩く私の心は、すっかり綺麗になっていた肺の写真のようには晴れなかったのである。

## 5　夢みる裏日本

裏日本という言葉は、今は使ってはいけないらしい。差別語だというのである。しかし、表の反対側である裏が何故差別語なのか、私にはまだ合点がいかない。どうせまた、どこかの新聞社の校閲がそういうことを言い出して、有識者とか文化人などと呼ばれる輩《やから》が普及させたことであろうから、私は気にせず使っている。

屁理屈《へりくつ》を言えば、「有識者」という言葉は、一般人は「無識者」＝無知識、無見識という前提に立たない限り成立しない言葉である。これは差別語ではないのかと、有識者に聞いてみたいものだ。

もし、裏日本という言葉が禁止用語になったとすれば、代わって何と言えばいいのだろうか。「日本海側」であろう。即ち、表日本は「太平洋側」である。私どもが小学校時代に習った「裏日本式気候」は、「日本海側式気候」と言い直すことになったのか。長くて言い難《にく》い。

大概の場合、裏日本を日本海側と言い換えてもそれで事足りるであろう。しかし、また屁理屈のようなことを言うが、厳密には裏日本と日本海側は寸分違わずピタッと一致するかといえば、そうではないのだ。例えば、北海道や山口、島根県の日本海側を「裏日本」とは言わないのだ。

一つの民族の言語空間というものは、数百年という時間をかけて成立するものである。私たち大和民族の場合も、このことについては例外ではない。

私たち日本人は「室町の子」であるという言い方をする作家がいた。非常にシンボリックな表現であるが、的を射ている。日本文化の象徴の一つである畳は、室町期に〝発明〟された。布団《ふとん》に綿《わた》を入れるということが普及したのも同様であり、梅干しが登場したのも室町戦国期である。言うまでもなく、梅干しは兵糧《ひょうろう》の一つとして工夫された加工食品である。

余談ながら、畳や綿入れ布団が室町期に登場した背景には、気候の問題があるらしい。ひと言で言えば、室町期は寒い時代であった。それに対して、平安時代は暖かい時代であった。平安時代を表わす絵巻物などに登場する貴族の屋敷は、実に開放的である。あの王朝の雅《みやび》の一点景としての光景も、平安期が温暖な時代であったという自然科学的事実に裏打ちされているのだ。『源氏物語』に語られているような奔放な、見方によってはふしだらな恋物語も、あの温暖な気候なくしては生まれなかったことであろう。

それに対して、気候的には寒冷期であった室町期、特に戦国期は若干悲惨である。

あくまでイメージであるが、戦国期を表現する私の典型イメージは、クロサワの映画『七人の侍』である。この映画が描いた時代が、ある意味で典型的な戦国期の農村であった。

周知の通り、この映画は今なお世界の映画史に残る名作として、世界の映画人、映画ファンなら一度は観て、誰もが知っている作品であり、『羅生門』や『用心棒』『乱』『赤ひげ』『影武者』などと並ぶ黒澤明の代名詞となる作品である。公開は、昭和二十九（1954）年、私が小学生の時代であったが、大学生になって初めて観て以来、繰り返し、繰り返し観ている映画である。

この映画には、当時としては斬新な望遠レンズを多用したシーンが多く、また黒澤が初めてマルチカム方式を採用するなど、技法的にも常に時代の先を行っていた黒澤らしいところがあり、時代劇にリアリズムというものを確立した画期的な作品であった。

私にとってもっとも印象的なシーンの一つに、豪雨の中での侍と野武士たちとの決闘シーンがある。注目すべきは、この時の雨である。黒澤は、水に墨汁を混ぜた雨をモノクロ画面に降らせたのである。画面に走る墨汁入りの水の線……黒澤はこれで雨を表現した。

黒澤がこのような雨の描き方をしたのは、実はこの映画が初めてではなく、それは『羅生門』の冒頭シーンで初めて採用したものであった。

こちらの舞台は平安期。やはり戦乱と疫病で荒れ果てた都。荒らされ、朽ちようとしているように見える羅生門に寒々と雨が降る。黒澤は、ここで水に墨汁を混入させ、モノクロ画面に薄墨の水の線を斜めに走らせることによって、この名シーンを創り上げた。『羅生門』が、日本映画としては初めてヴェネツィア国際映画祭においてグランプリを獲得したことは周知の通りであるが、墨汁入りの水の線によって雨を表現したことがこの受賞に大きく貢献したことは疑う余地がない。

この技法が浮世絵に想を得ていることもまた、間違いないところであろう。言うまでもなく、安藤広重（歌川広重）の『東海道五十三次』と『名所江戸百景』である。広重は、前者で三つの宿場に雨を降らせ、後者には有名な「大はしあたけの夕立」があるが、そもそも雨を線で表現するという技法は日本人独特のものであり、十八世紀から十九世紀にかけてのヨーロッパ人に強い衝撃と大きな影響を与えた。ゴッホは、その影響を受けた代表的な一人である。

このことを考えると、『羅生門』や『七人の侍』に世界の映画史に冠たるポジションを与えたことに、安藤広重の、ひいては江戸期に成熟した日本人のオリジナリティのある表現センスというものが少なからず寄与していると言ってもいいのではないか。

私の裏日本に対するイメージとは、雨中に共に力を合わせて野武士の集団を迎え討ちながらも、目的を達しても決して相容れることのない七人の侍たちと百姓たちの心の距離であり、或いは、雨の羅生門で語られる、生きるという営みを紡ぐ人の心に潜む闇や悲しみに気づきながら、それでもまだ現世を営もうとする人間の弱々しい明るさとでも表現すべき心象風景である。繰り返すが、あくまでも私の身勝手なイメージである。

強くお断りしておくが、決して重苦しさ、暗さを強調しているのではない。重苦しさ、暗さという言葉を使うとすれば、私にとっては心地良い重苦しさであり、魅惑的な暗さなのだ。

確かに、私のイメージする裏日本に快晴の日は似合わないし、現実にそれは少ない。

例えば、秋田県を一例としてみてみると、一年間に「晴れ」と判定された日は、2016年七月から2017年六月の一年間で114日となっている（気象庁／平成二十九年度現在）。

因《ちな》みに、東京都の「晴れ」は166日（同）。

つまり、裏日本の空は、三日に二日は厚い雲に覆われているのだ。このことが、まず大切な条件なのだ。大体曇っている——これが、裏日本の空なのである。

そして、裏日本を裏日本たらしめているもう一つの要素が、日本海の荒波である。

鬼太鼓座《おんでこざ》というプロの和太鼓集団をご存じの方は多いだろう。昭和四十四（1969）年に結成されているから、もう四十八年の歴史を刻んでいる、国際的に活躍している創作和太鼓の集団である。今は、静岡の富士市を拠点としているが、もともと佐渡で結成された。その結成には、永六輔《えい》氏や横尾忠則《ただのり》氏、そして、民俗学者の宮本常一氏らが関わっている。

彼らは、ふんどし姿で太鼓を打つ。和太鼓だからふんどしが普通だろうと思っている読者も多いかも知れないが、本来それは和太鼓の演奏スタイルではない。フランス公演の際、初めてふんどし姿で演奏したとされており、それはピエール・カルダンのアドバイスによるものであったという話が伝わっている。

この鬼太鼓座が、確か洋酒メーカーのＣＭに出演した時であったと記憶するが、荒波が打ち寄せる日本海の浜で和太鼓を打つというシーンがあった。その時はまだふんどし姿ではなかったような気がするが、この、日本海をバックに和太鼓を打ち鳴らすという光景こそ、裏日本を表現する一つの典型的なシーンではないだろうか。

重く垂れ込める雲、荒々しい海、人影もない浜で男たちが和太鼓に挑んでいる。これこそ裏日本そのものではないか。これを、例えば江の島でやっても、全く絵にならないのだ。

と、ここまでは如何にも芸術的な彩りを添えて裏日本を語っているが、白状すると、私の夢みる裏日本というのは、もっと俗っぽいのだ。いや、それは私にとっては、黒澤の雨を語り、鬼太鼓座の民俗色豊かな和太鼓の魅力を説くことと全く遜色のない絵画性、文学性を帯びた一篇の詩のようなものであるが、それが一般性を以て受け容れられるかと自問すれば、忽《たちま》ち語る勇気が失《う》せてしまう程度の話である。

実は、裏日本の港町の、海からほど遠くない駅前には大概《たいがい》小料理屋があるのだ。隣は、これも大概ラーメン屋と相場が決まっている。

そういう寂《さび》れた港町が、裏日本にはあちこちにあるはずなのだ。津軽から秋田、酒田あたりを経て、越後から能登に至るまで、何もない淋し気な港町が、何やらチャラチャラと騒々しい平成日本に背を向けて、点々と存在するのである。そのはずなのだ。

尤《もっと》も、最近その一部を新幹線なるものがぶち壊してしまったので、私は躊躇なくそのエリアだけを裏日本という美しい風土の範囲から外した。

今からおよそ半世紀前、「夢の超特急」と自称したあの魔物が私の故郷を根こそぎ破壊したが、その一部始終を私は身を以て消し去ることのできない痛みとして知っているのだ。

とある港町の、殆ど乗降客のいない在来線の駅を出ると、やはり小料理屋と思《おぼ》しき店とラーメン屋が並んでいる。こういうラーメン屋では、近頃の東京で付和雷同《ふわらいどう》する輩が行列をつくるラーメン屋で出すような、妙に捻《ひね》ったラーメンは出さない。それは、誰もが知っている田舎町ではこれしかないという、例の素朴な醤油ラーメンである。このことは、わざわざ入らなくても分かるのだ。

小料理屋の暖簾《のれん》をくぐると、カウンター席しかない。逆L字型のそのカウンターは、十人も座れるかどうかという程度。同じような規模のカウンターでも、例えば新宿ゴールデン街のそれのような独特の色彩も人臭さもない。

聞いたことのある音楽が流れている。これも大概、裕次郎やフランク永井、森進一であったり、時に陽水や拓郎であり、稀に黛ジュンや西田佐知子であったりする。

有線かと思ったら、カウンターの一番奥にトランジスターラジオが置かれている。これらの歌手の唄を流しているラジオ番組って何だなどと、野暮な詮索をするものではない。

女将《おかみ》さんが一人で切り盛りしている店のようだ。女将さんといっても、若い。三十代ギリギリであろうか。初秋という微妙な季節に絽《ろ》の着物であろうか、和服の似合う細身で、うつむくと顎《あご》の細さとまつ毛の長さがひと際《きわ》目につく。

客がこないので、心地良い二人だけの時間が静かに過ぎていく。列車は、あの後一本通り去っただけで、この地は外界から取り残されたようである。遠くでぼお～っと霧笛《むてき》が泣く。

いろいろ身の上話までするように女将はうちとけてきて、私の勧めるままに盃にも口をつける。聞けば、もう三年も前になるらしいが、漁師であった旦那は、嵐の日に無理をして舟を出し、日本海の荒波にのみ込まれてしまったという。今でも、海そのものである霧笛を聞くと、辛いという。

こういう経過を辿ると、あとは大概多くの物語と同じように事は進むものなのだ。店の二階が住居になっていて、この地に宿があるかどうかも知らずに訪れた私は、一夜をこの二階で過ごすことになるのである。

遅めに目覚めた私は、次の港町へ行かねばならない。用件は、と聞かれれば、それは取材とでも答えるしかない。

いつかまた来るなどと言って店を後にしようとした時の、女将のひと言が大問題なのだ。これが、私の裏日本、最大のポイントなのである。

「行っちゃいや！」

これは、ダメである。これを言われると、私はこの港町を後にして、次なる港町を目指して駅へ向かうだろう。

いろいろ言い方事例を列挙したいところであるが、本書も先があるので結論を急ぐと、女将が私を凝視《みつ》め、そして、目を伏せて、

「もう行っちゃうんですか」

と、か細く、それでいながら詰問するように言う。

これをやられると、男はまず動けない。

「いいよ、じゃあ、もう一晩いるよ。なに、どうしても今日中に行かなきゃいけないということもない」

などと言ってしまうものなのだ。

かくして、「三、四日で戻る」と言って東京を出た私が戻ったのは、一週間を過ぎた頃であった。

これが、裏日本というものである。

冬になると、大概の港町も雪に埋まる。夏に、遅くとも初秋にはここまでの物語が成立していないと、二人でしっぽりと雪に埋もれて世を捨てるなんて夢のようなひと冬は訪れないのだ。

可哀相に……未亡人が待っている。そう思うと、居ても立ってもいられない夏が逝《い》こうとしている。

## 6　浴衣《ゆかた》の君は

浴衣の君は
ススキのかんざし♪

と唄ったのは、吉田拓郎《よしだたくろう》であった。

この場合の浴衣は、明らかに「旅の宿」で、宿が用意してくれた浴衣である。

この歌が流行《はや》ったのは昭和四十七（1972）年で、所謂《いわゆる》高度成長期、私は社会人四年目で生意気《なまいき》盛りに差しかかった頃であった。

因みに、拓郎は私と同齢で、二ヶ月ほど彼の方が〝高齢〟である。

この時代は、若い女性と浴衣などという極めて「日本的なるもの」の距離がもっとも遠かった時代で、「旅の宿」という「非日常空間」でも設定しない限り、この詩《うた》は成立しなかったのである。即ち、浴衣の意味が、今復活している浴衣とは違うのだ。

蛇足ながら、作詞は『襟裳岬《えりもみさき》』の岡本おさみで、岡本という本格的な詩人と拓郎という異色と言われたコンビによる楽曲は、最終的には30曲を超えた。

こういうことを言うと、何でも大雑把に「昔はねぇ～」のひと言で括《くく》ってしまう私と同年代の年寄りは「そんなことはない！」と、いい加減な記憶を頼りに異議を唱えるものだが、時はファッションでいえば「ピーコック・リボリューション」の真っただ中、日本的なるものの価値がもっとも下落した時代であった。日本的なるものとは、カッコ悪かったのである。浴衣で夏の宵を楽しむ女性など、まず存在しなかった。

その後、バブルが弾け飛んで、90年代のどこかから風向きが変わった。京の町屋に憧れる若い女性が出現し、おやじが集《つど》う立ち飲みの一杯飲み屋にも若い女性が現れ、「江戸仕草」なる言葉が女性誌に登場するようになった。そして、〝小便臭い〟ガングロ女までが、浴衣で電車に乗り込んできて大股広げて座るような場面にも出くわすようになった。

こういう現象はすべて、私がいろいろな書き物で言っている「パラダイムシフト」という社会的価値観の大転換と繋がっている。

今や、夏の井の頭池の周りでも、浴衣姿の女性を見ることが普通になった。いいものである。

ところで、浴衣は何故色っぽいか。

足がはだけるから……違う。それは、まだ甘い。もっと直截的《ちょくさいてき》な色香を発している。

襟《えり》、即ち、胸元である。厳密に言えば浴衣に限らないが、和装の胸元はす〜っと容易に女性の胸へ手を滑り込ませることができるのだ。益して浴衣の場合は、一枚である。それが「できると思わせる」ことが色っぽいのだ。

となると、当然、このことによって浴衣の女性と隣り合わせでベンチなどに腰かける時の男の位置は、左右どちらであるべきかが自《おの》ずと決まるのである。いつものことながら、相変わらず不道徳なことを考えているが、夏とはそういう季節でもあるのだ。

今は沖縄に住む、知り合いの若いデザイナーから便りがあった。彼は、その昔、今の私と同じように井の頭池の近くに住んでいたことがある。その便りに言うには、池の傍《そば》の住まいは夏は蚊が大変だから、決して窓を開けっ放しにしてはいけないということだ。網戸になっていても、蚊というものはどこかから侵入してくるものである。自然の中に暮らすとはそういうことだからと、ある程度覚悟はしていたのだが、不思議なことにここ数年、一匹の蚊にも出くわしていない。

練馬に住んでいる時も世田谷に住んでいる時も、ひと夏に何度か蚊には遭遇してきた。恐らく銀座界隈に住んでいたとしても、同じであろう。

それが、ここ井の頭池の傍にいながら、今年もまだ一匹の蚊にもお目にかかっていないのである。

池の南端から神田川が始まる。その両側に生い茂る木立の枝が、ベランダの至近まで押し寄せている。木立を遊び場とする野鳥が、朝ベランダの手すりにいることはあるが、蚊はまだ現れないのだ。

そういえば、近江の里山にいた少年時代、どの家でも夏の夜は蚊帳《かや》を張って寝たものである。田舎はやぶ蚊が多く、蚊帳を吊らないと蚊の襲来が激しく、とても寝られたものではないのだ。近江の里山のやぶ蚊は、ほとんどが「ハマダラカ」で、これは血を吸われて腕や足のあちこちが大きく腫れ上がるだけのことだが、時に「アカイエカ」が混じっているのが危険である。「アカイエカ」は、死に至る日本脳炎を媒介するからだ。

田舎の家屋というものは隙間が多く、雨戸を閉めても、障子を閉めても何かが屋内に入ってくるのだ。蛇や黄金虫《こがねむし》は言うに及ばず、時にタヌキさえ入ってくる環境で、やぶ蚊が襲来するのは極めて自然なことと言える。そして、夜の蚊は、蚊帳でしか防げない。

蚊帳の中で寝苦しい時間を悶々と過ごしていると、蚊帳の外側の縁《へり》に蛍《ほたる》が留まる。蛍も屋内に入ってくるのだ。そして、夥《おびただ》しい数の蛍が、連なって青白い光を発する。蚊帳の中に横たわって、点滅する幻想的な光の列を眺めている。こればかりは、里山の夏の夜の慰めとして捨てたものではない。

蚊帳は通常緑で、その縁《ふち》は大概赤である。この赤がまた、妙に艶《つや》っぽい。蚊帳の中を蛍が照らし、中に浴衣の女性が一人、ほのかに私に微笑《ほほえ》みかける。蛍の放つ光の点滅を映して、女性の頬が規則正しい周期で白く輝く。

舞台装置は確かに整っていたのに、何故こういうシーンが一度もなかったのであろう。

外灯の鈍い光を映す夜の井の頭池をベランダから眺めながら、夜中のテレビ通販で蚊帳は売っているのかしらと、また良からぬ妄想に似た思いが頭をもたげた夏の夜であった。

## 7 超高齢化社会

梅雨時というか初夏と言うべきか、その頃井の頭公園の緑は日に日に盛り上がってくる。ここは、大いに賑わう桜の時期よりも、新芽が吹き出す梅雨前から、木々がひと回り大きくなって公園全体が瑞々《みずみず》しく盛り上がる初夏の頃が一番の季節かも知れない。張り出してきた枝は、ベランダから手が届きそうである。

最近、漸《よう》やくこの地に馴染《なじ》んできたような気がする。住まいもそうだが、井の頭池とかハーモニカ横丁に代表されるこの街に馴染んできたような気がするのだ。かつては新宿などへ出かけて買っていたものも、休日にぶらっと出かけて買い求めることが普通になり、休日に他の街へ出かけることは全くなくなってしまった。根が〝ずぼら〟なので、そういうことも心地良さの要因になっているのであろう。衣料のブランド品から文房具にいたるまで、大概のものは街中《まちなか》で揃うので、私のようなずぼらな人間には住み易い街なのだ。

休日の公園には、手作りの小物を並べて売っている女性、昔のマンガを紙芝居のように語り聞かせる中年のオッサン、大道芸を披露する若者、バイオリンを奏でる少年のように小柄なオッサン、ロダンの彫刻になり切っている年齢不詳の男等々、大体いつものパフォーマーたちが集まっているが、時々ロカビリーを〝喚いている〟元気なジイさんが現れる。

小柄でマンボズボン、60年代の若者風に装っているが、あれは間違いなく私より少し年長のジイさんである。若かりし頃エルビスのロカビリーの洗礼を受け、きっと山下敬二郎のファンであったに違いない。あれは、平尾でもミッキー・カーチスでもない、きっと山下のファンであったはずだ。

このジイさんは、実に元気である。ギターを弾《ひ》くというより叩きながら、通りすがる若い女の子に唄いかけるというのではなく、喚きかけるのだ。ギターを打楽器のように扱いながら喚きかけるものだから、女の子たちがたじろいでいる。

アクティブシニアという表現によく接するが、確かに近年、ジイさんやバアさんは元気である。

ロカビリージイさんだけでなく、朝といわず夜といわず、公園の中をジイさん、バアさんがヨタヨタとランニングに精を出している。ヨタヨタと、ではあるが、長距離走の経験者としてよく分かる心算であるが、急にはあのように走れるものではない。どうみても、一定期間継続していることは明らかである。いつも正直に、立派であると思うのだ。

朝、カーテンを開けると、ヨタヨタランナーたちが目に飛び込んできて、自分もやらなきゃ！　といつも刺戟を受けるのだが、この点でも私は〝ずぼら〟であって、よし、走ろう！と決めてから走り出すまでに多分半年はかかるだろう。今はまだ、何度目かの、よし、走ろう！という気分になる直前である。

ジイさん、バアさんなどと失礼な表現を使っているが、今は「高齢者」と言えばいいのである。ところが、ジイさん、バアさんという、日本語らしいフレキシブルな言葉とは違って、この「高齢者」という言葉には厳格な定義がある。このことは、国際的に決まっているのだ。「高齢化率」という言葉があり、これは「六十五歳以上人口の総人口に占める割合」のことを言う。そして、高齢化率が7～14パーセントの社会を「高齢化社会」、14～20パーセントの社会を「高齢社会」、21パーセント以上を「超高齢化社会」と言う。日本社会は、既に「超高齢化社会」に入っているのである。

つまり、「高齢者」とは六十五歳以上のことを言うのだ。冷徹な事実として、私もとっくに

「高齢者」の一人となっており、不本意ながら「超高齢化社会」到来に一役買ってしまっているのである。

ミケランジェロやダ・ヴィンチが活躍していた時代、彼らがローマの街を歩いていたとして、その時六十五歳以上の「老人」と出逢う確率は四十人に一人程度であった。ところが、彼らが現代の東京の平均的な住宅街を歩いたとしたら、その確率は四人に一人になっているのだ。

このように考えると、ものすごい様変わりである。日本が急速に戦争へと舵を切りつつあった、二・二六事件の起きた昭和十一（1936）年頃、日本の「高齢化率」は4・7パーセントであった。これが、敗戦を経て朝鮮動乱が勃発した昭和二十五（1950）年頃でもまだ4・9パーセントであったが、高度成長期の真っただ中、昭和四十五（1970）年に7・1パーセントとなって「高齢化社会」に入った。そして、平成七（1995）年に14・5パーセントと、14パーセントの壁を突き破って「高齢社会」となり、平成十九（2007）年には21・5パーセントとなって遂に「超高齢化社会」となった。最新の推計では、現在は25パーセントを超えている。

高齢化のスピードというものは、高齢化率が7パーセントから14パーセントに上昇するのに何年を要したかによって測られるが、フランスが115年、スウェーデンが85年かかっているのに対して、日本の場合は僅か24年であった。ヨーロッパでは特にスピードの速かったドイツでも40年を要しているというのに、おおよその半分、つまりスピードは二倍——所謂《いわゆる》明治維新後の日本という国は、万事この調子なのだ。

近い将来、ごくごく近い将来、労働人口二人が一人の高齢者を支えなければならなくなる。「シルバーデモクラシー」という言葉が生まれているが、政治家は高齢者の支持を得ないと当選できなくなる。先の「後期高齢者医療制度」の時の騒動を思い返せば、分かり易いだろう。その結果、世代間対立というものが深刻になる可能性が高いのである。実は私も今、高齢化社会を成立させる一員となってしまったことについて、壮絶な世代間闘争の真っただ中にいるのだ。最近、「あと三年ですね」などと、堂々と、極めて具体的な数字で私の人生を区切る者が周りに増えてきたのである。女の子までが面と向かって言うから、私は内心穏やかではないのだ。

これにはいろいろ経緯があるのだが、要するに、〆切前になると決まっていい歳して徹夜で追い込み、時に「開き直った！」などと喚いて朝方まで飲み、日頃はソファーでの仮眠がベッドで寝る時間より多いという生活を送り、ヨタヨタランナーから刺戟を受けるだけで実際には運動をせず、例の女医さんに会えない腹いせみたいに相変わらずタバコはピースを吸い、もう一つの顔としての零細企業の代表者としてはしょっちゅう得意先と喧嘩をするという、身体に悪いことばかりを意識して行っているかのような毎日を送る私を見ているスタッフや地元の女たちが、私はそんなに長くはあるまいと考え、せいぜい次の東京オリンピックまでであろうと、私の余命を断定したのである。

その時、東京オリンピックといっても三週間前後の期間があるのではないかという話になり、そこをはっきりさせようという不埒《ふらち》な意見が大勢《たいせい》を占めたのだ。その結果、私の余命は東京オリンピックの閉会式まで、という結論が出た。何故、パラリンピックの閉会式まではないのか、そのあたりの理由は分からない。このことについては、今や、私の周りではコンセンサスが成立している模様で、いってみれば〝身辺世論〟となっているのだ。

そうなると、中には図に乗る者も出てきて、遺影だけでも早めに準備しておいて欲しいという要望まで出てきたのである。

もともと写真の少ない私は、遺影については若干気になっていた。これは、本人が気に入ったものを用意しておくべきかも知れない。己の死後に起こることは、何も分からない。せめて一つ、二つ小さなことであっても、生前に分かっていた方が多少は心も平穏になるというものだ。自分の葬式にはこの写真が使われる、その一点でも生前に知っていることは、死に行く者にとっては小さな安堵となるものである。

折しもあるムック本の巻頭インタビューで、小さなホリゾントも使った本格的な写真を撮られ、まあまあの出来だと思った私は、周囲にこれを遺影にも使うと言明した。

ところが、これは一瞬にして全員から却下されてしまった。表情、雰囲気が「暗い」と言うのである。遺影というものは、もっと明るくなければならないと言う。

今まで数多くの葬式に参列しているが、笑っている遺影がそれほど多いとは思わぬと反論すると、周囲の者にはデザイナーも多く、笑っていれば明るいというものでもない、笑顔でなくても明るい写真というものがあるなどと、こういう時だけは一丁前の口を利くのである。秘書のKだけが、何故かW誌に使われた写真がいいと言い張っているのだが、これについてはまだコンセンサスが成立している様子はない。

かくして、私の遺影問題は暗礁に乗り上げたままなのだ。

実は、墓地をどこにするかという大問題もまだ揉めているのである。

遺影問題より前に浮上したこの問題の方が長期化しており、もう二年以上前になるだろうか。既に、結婚を期に退職した子がいたのだが、ある日その子が私の部屋へ入ってきて、

「あのぉ〜、これ」

と小学生のような稚拙な態度でA４判の大きな封筒を差し出した。まだ封は切られておらず、宛名はその子になっている。実際は私宛てのものだからというので開封したら、それは富士山麓に在るF霊園のパンフレットであった。なかなか立派なパンフレットで、念の入《い》ったことに、料金表と申込書まで同封されていたのである。

要するに、この子は私にF霊園を薦めていたのだ。宛名がその子になっているということは、

わざわざ取り寄せたということになる。誰がそのようなことを頼んだ？　少なくとも私が依頼した覚えはない。

「お前は、俺に早くF霊園へ入れというのか！」

「いつも富士山が見えて、とっても広々として気持ちのいい所です」

「こんな遠い所へ誰が墓参りに来るというのか！」

「ここなら私は行きます、来る人はみんな喜びます」

と、わけの分からぬ会話になってしまったのである。大体この子はいつもこういう調子で私を怒らせた、常にわけの分からぬことを言い出す子であった。しかも大真面目であるから、どやしつけるにも当方も迫力が出ないのである。

墓地問題は、これだけでは終わらなかった。どこで聞きつけたのか、F霊園は余りにも遠過ぎて誰も墓参りに行かない、練馬のK霊園の方がいいと言う者が現れたのだ。ここなら都心からも近く、墓参りに行き易いというのである。

更に、これが波及したとみえて、K霊園は水はけが悪いと言う者まで現れるに至ったのである。何故そのようなことを知っているのか。入ってみたら、水はけが悪くて居心地が悪かったとでもいうのか。

かくして、墓地問題も暗礁に乗り上げたままになっているのだ。大体、こういう連中は実際にその段になった時、本当に私の墓に詣《もう》でるのか。入稿、入稿で今週は疲れ果てたなどと言って、まず来ないであろう。私は、そうみている。

遺影だ、墓だと言っているうちに、そもそも私は何で死ぬのかという話がもち上がった。私の死因のことを言っているのだ。

これについても若干補足しておくべき背景がある。

高校時代から半世紀以上にも亘《わた》って六十キロに満たない貧相な細身の身体のまま進化するということのない外形に反して、私は現時点で重い病気とは縁がないのである。風邪をひくということから遠ざかってもう何十年になるだろうか、インフルエンザも経験せず、花粉症と無縁であることは田舎者であるから仕方がないとして、血液検査を行っても特にここ数年はすべての項目の数値が標準値の範囲に収まるというA判定が下されているのだ。このことは、考え得る限りの「身体に悪い」行為に満ちた生活を日々送っていることを考慮すれば、全く理屈に合わないのである。

ここで、私の葬式を心底のどこかで秘かに心待ちにしているウチのスタッフや得意先の連中は、ハタと大きな問題にぶつかることになった。

原田の余命はあと三年、東京オリンピック閉会式まででであろう、その期間に遺影は何とか撮れるであろうし、墓場についてもコンセンサスを成立させることは可能であろう。では、死因は何なのか。そうなのだ、私の死因が見当つかないのである。

〆切、〆切であれだけ追い詰めて頻繁に徹夜を強いても、血圧が上がったなどという話は聞いたこともなく、貧血に陥ったなどということもない。徹夜明けに酒を飲ませても、「疲れた〜」などと言って飲み始め、夏でも熱燗《あつかん》を何本か飲んだら、最後は少なくとも飲み始めより元気になって帰っていく。「肺がんだ！」と思って内心喜んだら、それは〝世紀の大誤診〟であった。大きな交通事故に二度襲われ、一度は誰もが死んだと思っていたら、トラックの下で生きていた。塩酸、硫酸ビンの飛び交う安保闘争においても、〝右翼〟というレッテルを貼られながらも何とか生き延びてきた。一体、この高齢者の死因は何なのか。

人は、何らかの死因がないと死なぬ。では、私の死因は何なのか。

皆の出した答えは「不慮の死」であった。交通事故死も不慮の死である。二度あることは三度あると言う。確かに――。

それより、最近増えた脅迫状紛《まが》いの差出人不明の手紙の主の方が危ないと言う。何？　明治維新を否定したから刺されるというのか。実は、こちらの方がリアリティはある。

或いは、工事現場の傍を例によってぼお〜っとして歩いていたら、鉄骨が落ちてきて下敷きになって死ぬというケースも考え得るという話にもなってきた。こういう、滅多にないことに遭遇する確率は、私の場合は意外に高いのだと言う者もいるのだ。

要するに、共通していることは、死因として考えられるものに、所謂《いわゆる》普通の穏やかな、高齢者らしい真っ当なものがないということなのだ。

遺影問題について、W誌に掲載されていた写真がいいなどと言い出して、秘書Kまでもが私の余命を論ずる連中に毒されてしまったからには、もはや覚悟するしかない。

今私は、固く心に誓っている。意地でも畳の上で死んでやると。

## 8　荷風がライバル　其の一　蘆花《ろか》先生と捨松《すてまつ》

言葉を何でも短縮するのは単なる時流かと思っていたら、妙な略語を理解することは平成日本人としての必須教養であるらしい。

KYは「空気が読めない」ということで、これは初級編で如何にも稚拙である。BJは「馬鹿な上司」の意だという。となると、JKは当然「女子高生」であり、今やJKビジネスは結構儲かるらしい。では、「女子大生」をJDと表現するかとなると、これは聞かない。どうも機械的にはいかないようである。

こういう略語を多用する輩《やから》に限ってWHO、WTO、ILO、FRBといった、国際情勢や国際関係を理解する上での国際共通略語の意味も、何の略かも何も知らないということが普通である。平成日本とは、そういう時代なのだ。

いきなり余談に属するが、帝國海軍では、「猥談《わいだん》」即ち「下ネタ」のことを「ヘル談」と言った。猥談の好きな奴は、〝助平〟である。「助」とは「助ける」＝Ｈｅｌｐということから、「ヘル談」となった。この隠語の法則は、割と古典的なものだが、この例は帝國海軍においては如何に日常生活に英語が浸透していたかを、図らずも示している。

余談ついでに、戦時中は「敵性言語」といって英語は一切禁止されたなどという話がよく語られるが、海軍では全く様子が違ったようだ。海軍というもの自体が英国で生まれたことも関係しているが、英語用語を駆使しないと軍艦は動かないのだ。海軍士官は、兵学校更には予科《よか》練《れん》時代から英語には親しんでおり、英語によって海軍戦闘の訓練を受けていると言ってもいい。戦闘だけでなく、食事のマナー、パーティーでの作法等々、彼らはすべて英国式教育、訓練を徹底的に叩き込まれて一人前の士官として戦《いくさ》に出ていったのである。

ま、ここは〝無駄な抵抗〟は程ほどにして、今どきの流儀に倣《なら》うとして、私のキャッチフレーズを、略語としては多少長いがＢＳＳＬとさせていただく。いわずと知れたBeautiful Sensitive Simple Single Life の略である。長過ぎて分からないと顰蹙《ひんしゅく》を買いそうであるが、余計なものの何もない、真《まこと》に気ままで優雅な今の私の日々？ を表わす略語である。

Simple Single Lifeというと、文豪永井荷風《ながいかふう》先生の専売特許であろう。確かに、私は深層の部分で荷風先生に魅了されている。いつだったか、岩波の『断腸亭日乗《だんちょうていにちじょう》』第一巻を入手したが、刊行時五千円であったものを、一万五千円で手に入れたのである。意外に安い買い物であった。その荷風先生は、見事に一人で死んでいった。ここが私にとって最大のポイントであって、今そういう荷風先生が私を挑発している。

井の頭池の傍《かたわら》で静かに暮らしているように装いつつ、時に夜の吉祥寺で儚《はかな》い現世を楽しむのも、荷風先生のように一人で死ぬことを前提として、それに至る日々も荷風先生に倣《なら》おうとしているに過ぎないのだ。

裏日本の未亡人に想いを馳せながら、女医のNSさんとどうしたら再び会うことができるかと日々苦悩するのも、一重《ひとえ》に大文豪荷風先生に少しでも近づきたいとするからに他ならないのである。

ところが、私のBSSSLは、いきなり井の頭池にて始まったわけではなく、一時期芦花公園に住んでいた時を起源としている。神田川を遡れば、自ずとここ井の頭池に終着するように、芦花公園に住まえば自ずと井の頭池を終《つい》の棲家《すみか》として目指すのが道理というものであり、両者は一本の糸で繋がっているのだ。となると、荷風先生の前に蘆花《ろか》先生に触れておくのが礼儀というものであろう。

芦花公園という地名（駅名）は、言うまでもなく徳冨蘆花からきている。駅からゆっくり十五分も歩けば「蘆花恒春園《ろかこうしゅんえん》」という公園があり、その中に蘆花先生の旧宅が保存されており、蘆花先生ご夫妻の墓もある。

明治四十（１９０７）年から二十年間、蘆花先生はこの地に居を構え、閑静な自然の中で暮らした。当時この辺りは、北多摩郡千歳村字粕谷《あざかすや》である。今は、世田谷区粕谷となり、それなりの住宅地エリアとなっている。今でも「閑静な」という形容詞を使えなくもないが、何せこの辺りは環八の直ぐ外であり、環八と交わって二十号（甲州街道）が走り、頭上を首都高速四号線が貫いている。比較的緑が多いとはいえ、空気はさぞ汚れていることであろう。蘆花先生が過ごした日々とは、自然そのものの質が違っているのである。

徳冨蘆花といえば、トルストイに傾倒したことで知られるが、実際にトルストイを訪ねて会っているから、真に「傾倒」という言葉に相応《ふさわ》しい関係であったと言うべきであろう。このことは、先生が「熊本バンド」のメンバーであったことと無関係ではあり得ない。「熊本バンド」とは「札幌バンド」「横浜バンド」と並ぶ日本におけるプロテスタントの三源流の一つであるが、そのメンバーは、殆ど「熊本洋学校」の生徒であり、蘆花・蘇峰《そほう》の徳冨兄弟もそのメンバーであった。西南の役の前年に洋学校が閉鎖されて、二人は新設間もない同志社英学校（新島襄《にいじまじょう》が設立・同志社大学の前身）へ転校していき、同志社の中心メンバーとなる。

因みに、「札幌バンド」のメンバーは、クラークの札幌農学校の生徒たちであり、その中には内村鑑三や新渡戸《にとべ》稲造《いなぞう》がいる。これらの「バンド」の話は、一つの重厚な内容をもつ、掘り下げて理解しておくべき近代文化史上の物語であって、私のBSSL如き余り値打ちのないテーマの中で触れることは、多少憚《はばか》られるので、これ以上はよしておく。

大衆的には、蘆花先生といえばやはり『不如帰《ほととぎす》』であろう。戦前日本最大のベストセラーである。武男（陸軍少尉・男爵）と浪子《なみこ》。時代は日清戦争の頃。

「あああ、人間は何故死ぬのでしょう！　生きたいわ！　千年も万年も生きたいわ！」

この台詞《せりふ》を知っている人は、如何《いか》に平成という今でも多いはずである。私でさえ、子供の頃から耳にしている。

この大ベストセラーの主人公浪子のモデルは、日露戦争の陸軍総司令官、薩摩の大山巌《いわお》の早世した長女であるが、彼女は大山の先妻の子であり、結核で死去する時点では大山の後妻、つまり早世した長女の母親＝継母は、かの、誇り高き賊軍、会津の山川捨松である。ということは、『不如帰』に登場する冷酷非情な継母は捨松だということになる。大衆はそう受け留めた。

これが実は大問題であって、捨松は謂《いわ》れのない非難を受け、日本中の冷たい視線を浴びることになる。蘆花先生の責任とは言えないが、少なくとも先生は罪作りであったと言わざるを得ない。

幕末動乱期の安政年間に生まれ、近代日本の女性史の巻頭を飾った山川捨松——並みの女性ではない。

普通の女性なら、この『不如帰』の一件で確実に潰れている。だが、彼女はこの一件で大いに悩み、苦しんだことは事実だが、これしきで潰れるような会津女性ではなかった。

周知の通り彼女は、明治四（1871）年に岩倉使節団と共に日本を発った日本初の官費留学生の一人であり、生家は会津藩国家老山川家である。この時期の留学生の募集を最初から「男女若干名」としたのは、薩摩の黒田清隆であるが、それは彼のアメリカにおける見聞が影響している。

北海道開拓使次官としての黒田は、アメリカ西部における女性の、男と全く変わらぬ仕事に汗を流す姿に大いに感銘を受けたようだ。動乱の時代には、反乱軍であれ敗軍であれ、指導者というものは思い切ったことを即決して実行するものである。実質的にまだ「江戸」が終わっていないこの時期に、年端《としは》もいかぬ娘を向こう十年間も想像もつかぬ異国に送り出すのである。

母親は、「娘のことは捨てた」と覚悟を決め、この時「さき」という本名を「捨松」（捨てて、後は帰国を待つのみ）という、武家の娘らしからぬ名前に、武家らしい覚悟を以て改名させたのである。

この時の女子留学生は五名。捨松は満十一歳。年長者の二名は、異国での生活に耐え切れず直ぐに帰国した。捨松以下残った三名の一人が津田うめ（梅子）であり、どういうわけか戦後日本では津田塾大の創設者としてこちらの方が知名度が高くなった。津田は、終生捨松の良き友人であり、物心両面《ぶっしんりょうめん》に渡って捨松の援助を受けている。捨松なくして、津田梅子も津田塾大もなかったのである。

不思議な縁だが、捨松たちが横浜を発った翌日に、大山巌もジュネーブに向けて横浜を発っている。実は二人の間には、もっと不思議な、奇跡的とも表現すべき縁が横たわっている。

前述した通り、捨松＝さきは会津藩国家老山川家の娘である。大山（戊辰戦争時はまだ大山弥助）は周知の通り薩摩藩士であり、西郷隆盛の従弟である。更に言えば、土佐の板垣退助・薩摩の伊地知《いじち》正治《まさはる》率いる薩長軍の砲兵隊長として会津若松城内に砲弾の雨を降らせ、多くの女子供までをも殺したのは大山弥助である。

大山が、せっせせっせと大砲を撃ち続けている時、さきは城内に立て籠って死ぬ覚悟で「焼き玉押さえ」をやっていた。「焼き玉押さえ」とは、着弾した不発弾に素早く駆け寄って、濡れた布団を被せて炸裂を防ぐことを言う。非常に危険な仕事であることは言うまでもなく、現実にこれによってさきは負傷しているし、長兄の妻は命を落とした。つまり、大山が撃った弾でさきは負傷し、身内は殺されているのである。これ以上の厳しい「縁」というものもないであろう。

会津武家の女は、激しく、一途《いちず》である。会津藩は、会津戦争においては女子供までを含めてまさに総力戦を展開した。年代別に戦闘単位を編成し、誰もが知る白虎隊はその一部に当たる。女も戦闘単位として組織的に戦闘に加わった。城内に籠った武家の女は約五百名と言われる。前述の同志社を設立した新島襄の妻となった（再婚）山本八重もその一人で、彼女は鳥羽伏見の戦いで戦死した弟の装束《しょうぞく》で男装し、薩長軍に対して夜襲をかけている。

山川さきもそういう女の一人として、会津若松城に籠城して抵抗戦に加わった。この日本戦史上、もっとも悲惨かつ残虐な戦で敵対した大山とさきが、本来なら結ばれるはずはない。特に、会津の薩長に対する怨念は、平成の現代までもち越されており、まだ薩長及び土佐の戦争犯罪についての「始末」はついていない。

二人の間を成立させたのが、私が「テゲ」の持ち主の一人として認める、西郷従道《つぐみち》（隆盛の弟）である。彼が、「手前どもは賊軍」と誇り高く拒否する山川家と「当方も逆賊（隆盛のこと）の身内」と引き下がらない大山との間を行ったり来たりしていなかったら、大山捨松は存在していなかった。天下国家を動かす男は、天下国家と同じ重さで女のことで奔走するものである。

この話は、例によって長くなるので、例によって打ち止めておく。機会があれば改めて、と断りつつ、そのままになるテーマがどんどん溜まっていくことを承知の上で、打ち止める。

大山の長女が結核を患ったことは、事実である。ただ、小説『不如帰』とは全く違って、継母である捨松は献身的に看病した。結核を理由に一方的に離縁を通告してきたのは小説とは全く逆で、夫とその母親である。これに対して、捨松の友人津田梅子は怒ってその夫の実家に乗り込み、猛烈な抗議をしたことが知られている。

大山巌と児玉源太郎コンビが、長州の乃木希典《まれすけ》というお荷物を抱えながらもどうにかロシアと互角に戦い、祖国に凱旋した直後には、病身の長女を伴い関西方面へ三人水入らずの旅行さえしている。日本女性で初めてアメリカの大学を卒業し、初めて高級看護婦の資格ももっていた捨松は、自身で長女の看病に心を砕いた。

その聡明さでアメリカの大学で現地の学生や教授に舌を巻かせ、鹿鳴館《ろくめいかん》では居並ぶ各国の外交官たちを魅了した大山捨松という才色兼備の会津女性は、蘆花先生の書いたベストセラーのお蔭でとんだ被害を蒙《こうむ》ったことになるのだが、蘆花先生はこの件を誌上ではあるが後年（大正に入ってから）「お気の毒に耐えない」と詫びている。ただ、詫びが遅い。それは捨松急逝の直前であった。

芦花公園の住まいの隣家に、その季節になると見事な華やかさを見せる桜があった。出がけにはようやく咲き始めといった様子に見えたのが、その日深夜に帰宅した際には一気に咲いていたという、至福の夜の思い出もある。それは見事なものであった。

蘆花先生の愛した地で、荷風先生を目《もく》するBSSSLを始め、井の頭池の傍でそれを成就《じょうじゅ》させようとしているが、環境という舞台は整ったものの、演ずる私の器量にまだまだ問題があり、果たしてどうなることか。

大山捨松が、当時としては下世話な質問をした新聞記者と交わした有名なやり取り。

「閣下はやはり奥様のことを一番お好きでいらっしゃるのでしょうね」

「いいえ、一番お好きなのは児玉さん（源太郎のこと）、二番目が私で、三番目がビーフステーキ。ビーフステーキには勝てても、児玉さんには勝てませんの」

男と女の命を懸けた戦と恋と天下国家が、日常事として身近に絡んでいた時代。井の頭池をただ一本で孤独に見下ろしている、他よりひときわ高い細身の古木が、俺はその時代をこの目で見てきたさ、とばかりに悠然とそびえている。

## 9　荷風がライバル　其の二　開化に背を向けて

シンプル・シングルライフの向こうを張って、自らの現況をＢＳＳＳＬとＫＹ風に略したら、友人の料理研究家に「長過ぎる」と文句を言われたことがある。

確かに長いが、ＢＳで心持ち一区切り入れて読めば、意外に覚え易いと思うのだが――。因みに、彼女はＢＳＬを標榜《ひょうぼう》し、そのＢは「ぼ〜と、」の意だと言うが、私のＢはBeautifulであり、これについて彼女は黙殺しているが、本心では強い異議を唱えたいに違いない。

このような今風を気取ったことを私が言っていると荷風先生に叱られそうだが、何故、近年荷風先生がもて囃《はや》されるのか解《げ》せない。確かに、文学史上に残る巨匠ではあるが、多分、その気ままな生活スタイルが、その表層だけで受け容れられているのだろうが、兄弟親戚一同を敵に回しての荷風先生の闘いの一生というものに、またその心情に、どこまで想いを致しているのかは甚《はなは》だ疑問である。

荷風先生といえば『濹東綺譚《ぼくとうきだん》』であろうが、『あめりか物語』『ふらんす物語』がこれに先立ち、ベースに日記としての『断腸亭日乗《だんちょうていにちじょう》』が流れている。『断腸亭日乗』は日記ではあるが、公表されることを前提として書かれており、その点でこれは先生の作品群に並列に並べられてもおかしくないのである。

中々儘《まま》ならぬが、こういうものはゆっくりじっくり読み進めるに限る。文明の開化というものに背を向けたかのように生きた荷風先生の世界は、時の流れる速度の単位そのものが、決してメートル法ではなく尺貫法そのままであり、独特の滑らかさで流れていくからである。

「濹東」とは、隅田川（墨田川）の東の意であるが、「濹」は林述斎《はやしじゅっさい》の造字とされる。

舞台は、向島の玉の井、今の東武線東向島駅界隈である。玉の井は、私娼窟《ししょうくつ》とも言うべき場所だが、先生はここの気に入った女（作中では「お雪」）の許へ通った。この作品は、60年代と90年代の二度映画化されているが、私は新藤兼人監督作品である後者を気に入っている。津川雅彦もさることながら、墨田ユキの「お雪」が荷風先生の好む、先生の心象としての女像を実に分かり易く形にしていたと、今尚印象に残っているのだ。

そもそも「墨田ユキ」などという芸名は、この作品のために用意されたものとしか思えないが、この女優はその後どうしたのだろうか。因みに、60年代に映画化されたものは、豊田四郎監督作品であり、お雪は山本富士子であったように記憶している（新珠三千代であったかも知れない）。

しかし、荷風先生のもっとも先生らしい作品とは、『四畳半襖の下張《よじょうはんふすまのしたばり》』かも知れない。勿論、ここではその春本《しゅんぽん》版のことを指している。周知の通り、荷風先生の作品では『ふらんす物語』が明治四十二（1909）年に発禁処分を受けている。戦前、荷風先生の家へ出入りしていた男が先生の作品を偽造して流布《るふ》させたことがあり、好事家《こうずか》に出回っていた『四畳半襖の下張』はこのルートのものかと思われる。

終戦直後の昭和二十三（1948）年、出版社が摘発され、荷風先生も警視庁の事情聴取を受けたが、先生は冒頭部分のみは自分が書いたことを認めている。つまり、厳密に言えば春本版『四畳半襖の下張』は作者不詳ということになるが、作家の石川淳氏などは荷風先生の作品であると断定している。

昭和四十七（1972）年、雑誌『面白半分』がこれを掲載し、編集長野坂昭如《のさかあきゆき》氏らが摘発され、最高裁まで争ったが結局有罪となった。この裁判の公判において、被告側証人として立った吉行淳之介氏は、

「春本を書こうとして春本を超えるものができてしまった」

という有名な意見陳述を行っている。それは、性行為を描写しても刺戟的な表現に腐心するのではなく、その時の女の心情が濃《こま》やかに描かれていることを文学的見地から評価したものと言えるだろう。

余談ながら、我が国の所謂猥褻《わいせつ》図書事件としては、この『四畳半襖の下張』事件以外に、『チャタレイ夫人の恋人』事件（被告小山書店小山久二郎、伊藤整、両者有罪）、「サド裁判」（被告現代思潮社石井恭二、澁澤龍彦《しぶさわたつひこ》、両者有罪）がある。

「サド裁判」における澁澤の有罪が確定したのは、私が社会人になった年（昭和四十四年）のことであったが、量刑は「罰金七万円」であり、澁澤はこの「罰金七万円」について「人をバカにしている」と怒った。

また、澁澤の影響もあって戯曲『サド侯爵夫人』を書いた三島由紀夫は、澁澤本が発禁処分を受けた直後に、

「貴下が前科者におなりになれば、小生は前科者の友人をもつわけで、これ以上の光栄はありません」

と澁澤に書き送っている。

日本的女（江戸風情《ふぜい》の女）に執着した荷風先生に話を戻すと、先生は生涯一人身《ひとりみ》であったわけではない。明治の最後の年、材木商の娘ヨネと結婚している。しかし、新橋芸者八重次とは切れず、新婚だというのに余り家庭を顧みなかったようだ。翌年、父親が死去するとヨネと離婚、その翌年大正三（1914）年、八重次と結婚した。が、これも直ぐ翌大正四年に離縁した。

この頃から従兄弟や兄弟との関係が悪くなり、特に弟威三郎氏とは絶縁状態となった。因みに、八重次とは、後の日舞藤蔭流初代家元藤蔭静枝のことである。

結婚が一度で済まなかったことや兄弟との絶縁などに関しては、私は荷風先生のライバルを目する資格がある。実に情けない部分のみ一致するのだ。強いてもう一点挙げれば、士族であったことが一致するが、文明開化から程遠くなるにつれ、これも何ら役に立つ代物ではなくなった。

必ず避妊具を用いたという先生は、

「子供が成長して後其の身を過ち、盗賊となれば世に害を貽《きざ》す」

などといって、

「之を憂慮すれば子供をつくらぬに若《し》くはない」

と、妙な理屈を述べている。

そして、

「僕は若い時から一種の潔癖があって、人の前で酔っ払わない事、処女を犯さない事、素人の女に関係しない事。此の三箇条を規則にしている」

と、これまた妙な規則を堂々と披瀝《ひれき》しているのである。果たしてこれを以て、「潔癖」というのであろうか。しかし、私は心情的にはどこかで頷いている自分がいることを否定しない。

こういう先生の代表作『濹東綺譚』は、かつて「女性差別小説」などと謂《いわ》れのない非難を受けた。偏屈な太宰治などは、こういうのが結構好きであったようで、その作品『女生徒』の中で女生徒が『濹東綺譚』のことを指して、「私は、好きだ」という件《くだり》がある。太宰は、女にそれを言わせているのである。太宰のことだから、「女性差別小説」という非難があったからこそ、逆に「好きだ」と言わせたことは、まず間違いない。

また、先生晩年のストリップ通い――これは世にも有名である。

そういえば、私に「女性蔑視論者」のレッテルが貼られていることは知人なら大概知っているが、先生と違って私の場合は口先だけだから可愛いものである。東京オリンピック（前回のことである）の手前、ということで「売春防止法」などという法律が施行され、私のもっとも楽しいはずの時代は先生のようにはいかなかったのである。いや、これは負け惜しみかも知れない。やる奴は何があろうとやるだろう。生きる上での「覚悟」の問題である。もう間に合わないかも知れないが、私はまだまだ精神修養からして何かが足りていない。

世の中とはおかしなもので、こんな先生が文化勲章を受章し、日本芸術院会員となるのである。こういう点は、寺山修司と似ている。否、先生の場合はこれが正当な評価である。

晩年、先生は殆ど外食をしていたが、こればかりは私も同様である。先生の行きつけとしては、浅草の「アリゾナ」、京成八幡の「大黒屋」などが有名である。

私は、夏でも熱燗という人間であるが、先生の場合、熱燗は当然として、「カツ丼に熱燗」というのが変である。私はその昔、ゼンザイを肴《さかな》にビールを飲んでいたら、店の者から、店内にいた客からも轟々《ごうごう》とした非難を受けたことがあるが、先生の「カツ丼に熱燗」というのはそれより変である。こればかりは、目指そうとは全く思わない。

荷風先生、七十九歳で孤独死。この点が私にとっての最大のポイントであり、課題となっているのだが、先生は多額の遺産を残した。つまり、「荷風がライバル」とは、この一点において見果てぬ夢に過ぎないのである。

# 第二部　さらば、平成！

## 1　子供の資格　大人の資格

本書だけでなく最近の書き物で折に触れ語っていることであるが、私の幼少期の生活、即ち、当時の田舎の生活とは江戸期と殆ど変わっていなかった。

こういう言い方をすると、またオーバーなことを、という反応がまず普通である。中には、嘘っぱちと決めつける方もいるだろう。「オーバーなことを」という反応はともかく、「嘘っぱち」と即座に決めつける方に対しては、「お気の毒に」としか返す言葉がない。洞察する材料をおもちでないのである。

今になって思うのだが、私の、この幼少期の〝さながら江戸〟という生活自体が、幕末維新を考え、江戸期を想う際に、非常に有用な洞察力の素《もと》になっている気がするのである。

近年は「里山」などと小奇麗《こぎれい》な言葉を使うが、幕末動乱の一つの舞台であった京都・伏見に生まれた私が、恐らく二、三歳の頃のはずであるが、越してきた郷《さと》が、近江湖東、佐和山の麓の、今でいう「里山」であった。昔ながらの表現をすれば、文字通りの単なる〝田舎〟である。

ご存じの通り、里山にはきちんとした定義があるが、当時の田舎の殆どは里山であったり、里山エリアを備えた邑《むら》であったりしたのだ。そのせいであろう、当時「里山」などという言葉を聞いたことはない。大雑把《おおざっぱ》な話であるが、田舎は全部「田舎」であった。

日々の生活の具体的な形を挙げた方が、話は早いだろう。例えば、夏にクーラーなどは勿論、扇風機もまだ存在しなかった。とすれば、冬に暖房となる空調は勿論、ストーブもあるはずがない。

ではどうやって暖《だん》を取り、涼《すず》んでいたのか。

夏は団扇《うちわ》、冬は炭火火鉢、それだけであった。団扇でパタパタやって涼しくなるか。なったのである。手をかざすだけの火鉢で積雪一メートルの冬に多少なりとも温まったのか。確かに温かくなったのである。

今風《いまふう》の表現で「気持ちの問題」と言いたいところだが、これは少し違うような気がする。要するに、夏は団扇、冬は火鉢しかないのである。それしかないとなれば、団扇でパタパタやれば涼しく感じ、火鉢に両手をかざせば全身が僅かでも暖気を感じるのだ。それしかないと、端《はな》から思い込んいるから、いや、暖房機器や扇風機などのことを全く意識することがないから、団扇と火鉢の生活が成立していたのではないだろうか。

田舎の家屋というものは、我が家に限らず隙間が多かった。貧乏な我が家は特に多かった。それは、隙間というには少し広過ぎたように思う。

冬の夜は寒風が吹き込んできて、これは一つの〝試練〟であったが、夏は夏で困ったことが起きるのである。先にやぶ蚊や蛍のことに触れたが、この様をもう少し詳しくお話ししておきたい。

こういう田舎にも、昭和も二十年代になってようやく明治近代の余波が及んできていて、電気だけは通じていた。これはこれで大変な文明であったのだが、しょっちゅう切れる裸電球の下で夕食ともなると、どこにでもある隙間からさまざまな虫が裸電球めがけて飛び込んでくるのだ。やぶ蚊だけならともかく大概《たいがい》の昆虫類から異様に大きい蛾《が》、合間に黄金虫《こがねむし》までが裸電球に激突するものだから、夏の夕食は基本的に騒々しい。飛び込んできたという表現は当たらないが、食事中にヤモリが突然ボタッと落ちてきたり、土間へ水を汲みにいくと、タヌキが子連れで入り込んでいたりする。

当然、夏の夜は蚊帳《かや》がないと寝られない。やぶ蚊の大部分はハマダラカであって、これは刺されても大きく、赤く、派手に腫れ上がってかゆいだけで大過はない。夕方まで走り回って遊んでいた私どもの両腕は、夜になってもまだボコボコに腫れ上がっていたものである。毎日刺される回数を数えることは不可能であったが、誰もが百回程度は刺されていたであろう。百回でも二百回でも、それがハマダラカだけなら特段の問題はない。その中にアカイエカが混じっていた場合が問題となるのだ。この蚊は日本脳炎を媒介し、不運にも死んだ子もいたのである。

日本脳炎で死んだり、狂犬病や破傷風、更にはマムシにかまれて死んだり、時には溜池で溺れ死んだりということは田舎では珍しいことではないが、田舎者の私どもは、そういうことは運だと思っていたところがあった。平成の世では、ハチに刺されることがニュースになるから驚きである。それがニュースとして成立するなら、私ども田舎の子は既にヒーローであったと言わねばならない。

いずれにしても、夏の夜に蚊帳は必需品である。蚊帳の中で、夏の夜の寝苦しさに悶々としていると、やはり屋内に入り込んできた蛍が列を成して蚊帳の縁にとまり、青く白く点滅する。何度も繰り返したいほど、これだけは、本当に美しかった。蛍は、水が綺麗でないと生息しない。まだ農薬を使っていなかった時代である。水だけは、化学的にも美しかったのである。

そもそも私の育ったこの里山の村は、旧中仙道沿いに四十戸ばかりの、敷地だけは広い農家が集まって成立していたのだが、村内にお金＝現金を使って何かを買うということができる家が存在しなかった。早く言えば、物財を販売する「店」というものが存在しなかったのである。

田舎者でも、時に肉が食べたくなる。鶏肉《とりにく》は裏庭へ行って、どれか一羽を絞めればいつでも食べられるが、私の田舎で肉といえば牛肉のことである。農作業の使役用の牛を飼っている家は存在したが、これは食肉とはならない。第一、牛の屠殺《とさつ》は鶏《にわとり》のようにはいかないのである。

そこで、牛肉を食するとなると、母が坂道を下って彦根の城下まで徒歩で出かけていって買い求めてくるのであった。城下までは、ほぼ一里の距離を歩かねばならなかった。これは、下手をすれば「一日仕事」であり、今想えば、母にしてみれば難儀《なんぎ》な仕事であったろう。里山の子が牛肉を食するには、最低限これだけの労働と現金を要したのである。

肉だけでなく海産物も同様であった。川魚だけは、村を貫流する川で十二分に賄える。私どもガキ仲間が下流から水源に近い上流まで、二時間もかけて魚を手掴《てづか》みしながら上《のぼ》っていけばその夜の食卓の恰好をつけるだけの収獲は得られたのである。我が家では、三十匹前後の川魚を獲ってきて、それをそのまま天ぷらにすれば一家は幸せな夜が過ごせたのだ。

しかし、海の魚や鯨肉は、やはり城下へ出向いて入手するしかなかったのである。城下とは、それが賊軍のそれであったとしても都市、少なくとも文明化された町であったのだ。

余談ながら、母は城下へ出かけると、時に納豆なるものを一緒に買ってきて、兄や弟ではなく特に私に食べさせた。そういう時、常に解説が付くのである。食べ方だけでなく、「納豆」と「豆腐」の文字表記について解説したりするのである。ふ〜ん、と納得したような気分になっただけで特に煩《わずら》わしさを感じた記憶はないが、それは万事がこの調子であったからであろう。近年でも、西日本出身の人間には納豆を食べられない人が多いが、このような事情で私はあのような辺鄙《へんぴ》な西日本の田舎の子でありながら、少年時代に既に納豆は平気で食べられたのである。

余談を重ねるが、鶏肉は自前でどうにでもなるとはいっても、田舎で鶏肉を食するのは一年にそうそう何度もあるわけではない。何かお祝い事があって父の機嫌がいい時とか、親戚が泊まり掛けで来訪した時など、非日常に属する出来事があった日に限られていた。そういう時、鶏を絞めるのは男の子の役割である。厳密に言えば、絞めて、首を落とすところまでが男の子の役割であった。そのあとは、つまり、羽をむしり、火に炙《あぶ》って羽のない状態を完璧にしてから鶏を「捌《さば》く」のが、父親の役割であった。

余談はともかくとして、どうであろうか、このような日々の生活を「江戸時代と殆ど変わらない」と言っても、決して誇張とは言えないのではないか。トイレは当然汲み取り式であり、私は田舎にいる時代を通して風呂の湯を目視したことがない。桶風呂の置かれている場所に電燈はないからである。つまり、十八歳の頃まで、漆黒の闇の中で風呂に入っていたのである。言うまでもないことだが、このような明治近代も及んでいなかった田舎の日々を、誇っているのではない。

明治維新という民族としての過ちを考え、維新勢力が全否定して地上から抹殺してしまった「江戸」という文明と価値観、社会システムを考えるについて、今更ながら自身の幼少期の環境も考察の対象としてしまうことが多いのだ。このことは、近年の私の著作活動の内なる余波と言ってもいいだろう。そして、「江戸」の評価ということを、流行《はや》りに乗って書斎で体裁よく書いて、述べるというようなスタンスでやっているわけではないということである。

江戸期には、武家の子弟に限るが、「元服《げんぷく》」とか「番入り」という通過儀礼があったことをご存じであろう。これとは若干異なるが、田舎の子には、きっちりした通過儀礼ではないが、幼年から少年へと成長するに伴って、もう幼子《おさなご》ではない、立派な子供（少年）であると認められる幾つかの「資格」があった。勿論、これは私の育った田舎の話であり、全国的な共通性をもつものではないかも知れない。加えてそれは、農村特有のものであった。

目安となった年齢は、十二歳前後であったように思う。これは、いよいよ小学校も終わって中学生だ、などという占領軍の定めた新制の学制を意識したものではなかった。実質的には現在の占領軍学制と変わらないのだが、当時の私の周囲の大人たちの感覚では、十二歳という年齢はいよいよ尋常小学校六年間を終え、この先は旧制中学校を受験するか、それとも高等小学校（二年間）へ進むか、或いはまた学費が要らない師範学校を目指すかという、重大な岐路に立つ歳であったのだ。

維新以降、ひたすら対外膨張を目指してきた近代日本がいよいよその末期《まつご》に向かって狂奔《きょうほん》し始めた昭和十六（１９４１）年、尋常小学校は「国民学校初等科」と名称を変え、高等小学校も「国民学校高等科」となっていたが、これは敗戦までの僅か四年間のことであり、私の父などの意識には定着していなかったのである。

では、江戸期さながらの生活を送りながら、明治近代政府の定めた尋常小学校を終えるに当たって、親は、いよいよ「一人前の少年」になろうとする男の子に何を期待し、具体的に何をその「資格」としたのか。

あくまで私の育った環境内のことであるが、当の私自身が意識せざるを得ない「資格」が二つ存在した。

因《ちな》みに、鶏を絞めることは、ここでいう「資格」というほどのことではなかった。

読者の方々は「くだらない」と笑うに違いないが、一つは米俵《こめだわら》一俵《いっぴょう》をヒョイと肩まで担《かつ》ぎ上げて数メートル以上歩けるということであった。

米俵一俵と述べたが、平成も終わろうとする今、この現物を一度でも見て、これに触れたことがある人は、一体何割いるのだろうか。恐らく六十代未満の方、即ち、五十九歳以下の方は知らないと勝手に推断すれば、ここで「俵」という単位の成立《なりた》ちやその変遷に触れても鬱陶《うっとう》しい思いをされるだけであろう。

知らないという読者諸兄に、非は全くない。というのも、昭和二十六（1951）年、私が五歳の時に定められた「計量法」によって、これは「非法定計量単位」として使用が禁止されているのだ。この時、日本人の生活にとっては合理が存在した尺貫法も使用禁止となっている。「俵」は、その尺貫法の体系からも独立した特殊計量単位であったのだ。

しかし、占領軍の手足としか映らなかった戦後のお上が何と定めようと、百姓の世界ではそうはいかなかったのである。いきなり「俵」を禁止すると言われても、実務ノウハウや取引慣行というものは直ぐには消滅しないのである。

例えば、お金の単位にしても現在の最小単位は1円であって、かつて存在した「銭《せん》」「厘《りん》」は、法的には昭和二十八（1953）年に廃止されている。しかし、「銭」が、株価や為替レートの表示の上では今も生きていることはご存じの通りである。印刷会社の見積書にも「銭」は、堂々と生きているのだ。

永六輔氏が、尺貫法復活運動を熱心に展開されたことはよく知られているが、ここではそれをやろうとするのではない。「米俵一俵」の問題である。

結論を言えば、米俵一俵は通常六十キログラムである。六十キロという重さを、ヒョイと肩まで持ち上げ、歩けたかという問題なのだ。

練習したわけではないが、カマキリのような細身でありながら、私はこれはできた。こういうことを一人でこっそりやっても意味はなく、実際に家人の目の前でやってみることを求められたのである。

問題は、もう一つの「資格基準」であった。これも結論を先に言えば、私はクリアしていた。その結果、私はもはや幼子ではなく、「一人前の少年」として認められたのである。

その資格基準とは、肥桶《こえおけ》を両天秤《りょうてんびん》で担いで、田圃《たんぼ》のあぜ道を歩けるかどうかという、実に農村らしいものであった。

江戸期社会が「持続可能な仕組み」、つまり、サスティナブルな社会構造をもっていたことは、近年になって世界的に評価され始めたことである。それは、具《つぶさ》に観察すると、実に精緻《せいち》にできていて、驚くべき高度な文明と呼ぶべきものであったと高い評価をする学者も多い。

拙著『三流の維新 一流の江戸』（ダイヤモンド社）でその一部を整理したが、まだまだ不十分なところがあり、今、改めて江戸システムと呼ばれる社会システムとそれを成立させた価値観というものをまとめているところである。それは恐らく、西欧近代文明によって行き詰まった人類社会の崩壊を防ぐ唯一のヒントを含んでいるもので、それ故に世界の学者、研究者が注目するのだ。

この江戸社会の「持続可能性」を支えていた重要な要因が、実は森林資源の利用・保全と人糞の活用なのだ。

社会システムやそれを成立させた価値観の要因というものは、二つの要因、三つの要素などと単独で数えて指摘できるものではない。それぞれが複雑に、或いは精緻に絡み合っているものであって、その背景には江戸期社会を支配したパラダイム（社会の基盤を為す価値観）が存在するはずである。

従って、森林資源の利用・保全と人糞の活用と、具体的に二つの要因だけを挙げるのは、学問的には危険なことであるが、これがなければ江戸の「持続可能性」が成立していなかったことは確かなことなのだ。

これらの細論は別の書き物に譲るが、私は少年と認められるかどうかというターニングポイントとなる時期に、江戸期の百姓と同じように肥溜めから下肥《しもごえ》を肥桶に汲み移し、二つの肥桶を天秤棒の両端に吊るして、細くて柔らかい田圃のあぜ道を、田圃にひっくり返って肥桶の下肥を頭からかぶるというような悲劇に遭うこともなく、バランスを取りながらひょいひょいと運んでいたのである。

人糞でいっぱいになった肥桶二つは、測ったことはないがかなり重い。天秤棒は、うまくしならせてこそ有用なものである。益《ま》して、田圃のあぜ道である。これができれば、米俵一俵を持ち上げて運ぶこと以上に、即戦力と見做《みな》されたのである。

かくして私は、尋常小学校修了と同じ時期には、何とか無事に幼子を脱し、一人前の少年と認められたのである。次の時代へ進んでいいという「資格」を得たと表現してもいいだろう。

子供に資格を与えるかどうかを判定するということは、親に、或いは大人に「評価する資格」があるかどうかという問題でもある。

江戸期同然の、非文明的と言われそうな近江湖東の里山で繰り広げられていた日々の営みに潜んでいた子供を育て上げるというこの生活を、平成の親は何とみるだろうか。

時は、昭和二十年代後半から三十年代前半であった。

## 2　江戸の遺産

私の幼少期の生活環境がさながら江戸時代であったということは、私が故里《ふるさと》を出てからも永い間私のコンプレックスとなっていた。それが、完璧にと言えるかどうかは自信がないが、ようやく消えたのは近年のことではないだろうか。

一つには、江戸期のことを著作の対象として考えるようになったことが、心理的にも大きく関わっているような気がする。身体《からだ》に浸み込んでいる「江戸人」のＤＮＡにも似た細胞が、江戸の理解を助けてくれるといった気分がするのである。意外に「身体主義者」である私にとって、このことは自分でも驚くほど江戸に対する「洞察」を助けてくれているという実感があるのだ。

江戸期さながらの田舎における「子供の資格」について述べた勢いで、江戸期の「糞尿処《ふんにょう》理」の問題などについて一気に述べておきたいところだが、その前に「江戸」という時代が余りにも知られていない、時に大きく誤解されていることが強く気にかかっていて、大前提として認識しておくべきことを、多少真面目《まじめ》に整理しておきたい。

私は、徳川の縁者でも何でもないが、先ず徳川の治世《ちせい》というものは、ガバナンス（統治能力）、外交能力は言うに及ばず、行政末端のフレキシビリティ（柔軟性）に至るまで、明治近代政権の比ではなく優れていたことを強く指摘しておかなければならない。なおかつ、それらはすべてオリジナリティをもっていた。

政治、経済、文化といった各ジャンルでオリジナリティをもち、三百年近くという永きに亘《わた》って三千万人という規模の民族の平和的な生存を存続させたという点で、一部の鋭い学者が主張する通り、これは一つの「文明」と呼ぶに値するものであった。

文化と文明の違いについては、学者にはいろいろな論があるだろうが、私は「文明」の域に達していたと考えている。

一般には、江戸期の文化が明治、大正、昭和という時代の流れと共に「変化」していき、今日もそれは「伝統」或いは広義の「伝統文化」として生きているという風に考えられているが、この認識は正しくない。「江戸」が「変化」を続けて今日の社会があるなどと考えているから、明治維新と言われる出来事の解釈を誤り、「江戸」そのものをも誤って理解してしまうのである。

「江戸」という文明は、長州が中核となった明治近代政権によって全否定され、その所産は悉《ことごと》く土の中に埋められてしまったのだ。つまり、御一新《ごいっしん》の時に抹殺されて、丸ごと〝葬式も挙げずに〟土中に埋められたのである。〝葬式も挙げずに〟と言うのは、一片の敬意も払われることがなかったことを言っている。

このことをもっとも強く実感したのは、明治期に来日した多くの西欧人たちであった。彼らは、なりふり構わず自分たち西欧を「猿真似《さるまね》」としか言い様《よう》のない態度で模倣《もほう》することに狂奔《きょうほん》している明治日本に失望し、怒り、嘲笑した。

尤《もっと》も、こういう西欧人たちの態度も、決して褒《ほ》められたものではない。先に産業革命に成功し、工業社会に突入してしまった自分たちが、既に失いつつある人間味豊かな、素朴で穏やかな美しい環境や人びとの営みが、麗《うるわ》しくそのまま生きていた江戸期日本。それが、今まさに日本の景色としても消滅しつつある様《さま》に接して、それを惜しみ、それに失望し、果ては怒ったりしたのだ。つまり、それは、工業化という側面で先行し、それ故に取り返しのつかない喪失に気づき、それが高度に美しい形で生きている日本にはいつまでもそのままでいて欲しかったのにその期待が裏切られようとしているという、どこまでも彼らの身勝手な思いなのである。

これは、東京という大都会に住む人間が、勝手な、こうあって欲しいという田舎像を描き、それを求めていざ田舎へ行ってみれば、都会と変わらぬ高速道路が山間《やまあい》を走っていたり、農家が床暖房やシステムキッチンを備えていたりしてがっかりするという、よくある「思いのすれ違い」に似ている。

国際政治の場で問題になる地球環境保全の問題も、これと同じことであろう。

既に十分な経済成長を遂げ、逆にその副産物である環境汚染や自然破壊に悩む先進工業国が、これから経済成長を図ろうとする後進国の地球規模の環境汚染に繋がる事態に歯止めをかけようとする。地球の環境悪化を防ごうとすることには「大義」があるだろうが、後進国にしてみれば、自分たちだって経済成長を遂げて先進工業国に伍《ご》していきたいと願うのは無理からぬことと言えるかも知れないのだ。

ただ、決定的に違うことは、近代工業社会の進展なり成熟度合いというものが、明治近代の時代と現代とでは全く異なるということである。

近代工業社会は、もう限界に達しつつある。人口問題、食糧問題などがその最たる具体テーマであろうが、私たちが気づかなければならぬことは、ソフト面に限界の影響が強く作用して、所謂《いわゆる》「パラダイムシフト」を惹《ひ》き起こしているということだ。社会の基盤となる価値観が、大きく変質しつつあり、そのスピードに加速がついているのである。

仰々《ぎょうぎょう》しい話だなと感じておられるかも知れないが、「パラダイムシフト」が惹き起こした現象は、身近に幾らでもある。

それについては、本書の随所で触れることになろうが、実は、明治近代政権が「江戸」を葬り去る時、民族のアイデンティティなるものも、深くも意識せず、むしろ悪として一緒に土の中深く埋めてしまったのである。このことが、その現象の意味に気づく妨げとなっているのだ。

アイデンティティを捨て去った者の変化のスピードは猛烈に早い。また、どうにでも変化するのだ。アイデンティティというものは、厄介な一面もあり、「こだわり」というものを必ず発生させるものであるからだ。

明治近代政権は、西欧近代のみを唯一絶対の指針とした。「こだわり」も捨て去った社会は、富国強兵も殖産《しょくさん》興業も猛烈なスピードで成し遂げたのである。

産業革命と言われる、所謂工業社会への転換にしても、今日問題になっている高齢化社会の問題も、日本のスピードは異様に早い。西欧各国で百年を要した変化は、日本の場合は大体二〜三十年で済ませてしまうのだ。万事がそうであった。

根は、すべて御一新の時の新政権の、政権としての資質の低さにある。

極端な一例を出せば、新政権を支えた「啓蒙家」「知識人」たちの中には、「日本人は劣っている。日本女性は西欧人と混血し、人種の改良に努めるべきだ」ということを、大真面目に、強く主張した者が少なからずいたのである。

また、初代文部大臣となった森有礼《ありのり》（薩摩藩出身）は、福澤諭吉も参加した啓蒙団体「明六《めいろく》社《しゃ》」の有力メンバーであったが、彼は日本語（日本文字）廃止論者であった。漢字、平仮名を全部廃止し、ローマ字を採用すべきであると主張したのだ。

明治新政権の欧化主義とは、斯《か》様《よう》に極端なものであった。このメンタリティが、今日もなお日本人の体内に生きているのである。自国を含むアジアを蔑視し、西欧を絶対的な「あるべき姿」として敬《うやま》う、所謂「西洋かぶれ」もまた、御一新の時期から始まったことなのだ。

復古、復古と喚いて、天皇を道具として利用することによって徳川から政権を簒奪《さんだつ》しておいて、一転して「西欧こそ神様」と言わんばかりの卑しい欧化主義に走った明治近代政権は、復古主義、天皇絶対主義、欧化主義といった、それまでの日本には存在しなかった思想にどのように折り合いをつけながら、「平均すれば十年に一度」という戦争の近代へと突き進んでいったのか。これについては、早ければ来年中にも別の著作で整理したいと考えている。何せ、墓場まであと何里かという身である。強い焦りを感じている。

その前に、明治維新という余計な出来事は、民族としての「過ち」ではなかったかという問いかけを続けている私は、この過ちを犯した勢力によって全否定され、土中に埋められてしまった江戸期の社会を、何とかしてビジュアルとして見える形で復元しなければならない。

江戸期のインフラはどうなっていたのか、流通は？　通信は？　といったことから、旅の様子、災害の規模や惨状、果ては遊郭《ゆうかく》の女性の実態に至るまで、可能な限り具体的に描きたい。何せ本体は土の中である。難しい作業になるだろうが、それをやらないと歴史が一本の線で繋がらないのである。

既にその一部は、前出の『三流の維新　一流の江戸』で明らかにしたが、それはほんの一部に過ぎず、近いうちにこれを別の著作で更に補強するつもりである。

明治新政権の創った政府を支えたのは、江戸期の幕臣や大名家の家臣である。政府官吏の六割から七割を彼らが占めたとされており、そうでなければ行政が成り立たなかったのだ。明治は江戸の遺産で成り立っていたと言われるのは、人的にはこういうことなのだ。

しかし、江戸期のシステムは土の中にある。明治政府を政府たらしめたのは、官吏となって政府を支えた江戸人が身体に浸み込ませていた「江戸のセンス」「江戸のメンタリティ」であったと言えるのではないか。もっと突き詰めて言えば、江戸人から受け継いだＤＮＡと言ってもいい。明治が江戸の「遺産」で成り立っていたとは、そういう意味であると、私は理解している。

明治も半ばを過ぎた頃、「新時代人」という言葉が使われた。御一新以降に生まれたか、それ以前、即ち、江戸の生まれなのかということが意識され、御一新以降に生まれた者が自分たちは「新時代人」であるとして、そのことを誇ったのである。

例えば、近代俳句の祖とされる正岡子規《まさおかしき》がそうであった。子規のように単純ではないが、知人である夏目漱石にもそれはあった。二人の知人である、特に子規とは親しかった秋山真之《さねゆき》にも、当然その自意識はあったと感じられる。彼らは、大学予備門（今の東京大学教養学部）の同窓であるが、同じ同窓生であった南方熊楠《みなかたくまぐす》になると余りにも〝変人〟過ぎて、そのあたりの心理はよく分からない。

蛇足ながら、文人正岡子規や夏目漱石の名を知らぬ人はいないものとして二人のことは省略するが、秋山真之とは、日露戦争日本海海戦においてロシア・バルチック艦隊を文字通り殲滅《せんめつ》させた聯合《れんごう》艦隊作戦担当参謀《さんぼう》である。旗艦「三笠」からの報告電報の電信文「本日天気晴朗なれども浪高し」や、Z旗信号文「皇国の興廃此の一戦にあり、各員一層奮励《ふんれい》努力せよ」は、余りにも有名である。

この海戦の勝利は世界を驚愕《きょうがく》させ、司令長官東郷平八郎《とうごうへいはちろう》(薩摩藩出身)は今もなお世界海軍史における三大提督《ていとく》の一人として、平成日本より海外において知名度が高いが、この海戦は、実質的には「秋山真之の戦い」と言ってもいいだろう。

因《ちな》みに、フィンランドでは平成の初期まで「東郷ビール」というビールが販売されていたし、東郷が没した昭和九(1934)年にはブラジルで「元帥《げんすい》タバコ」が発売されている。

この、海軍における東郷と秋山の関係は、満州に進出した陸軍の満州軍総司令官大山巌《いわお》(薩摩藩出身)と総参謀長児玉源太郎(徳山藩出身)のそれに酷似している。

この二つの「将と参謀」の関係が、さまざまな幸運にも恵まれ勝利という結果をもたらしたことが、次の昭和陸軍と昭和海軍に決定的な悪影響を与えた。無能な昭和の「将と参謀」が、江戸人と新時代人の組み合わせとも言うべき、たまたま〝優秀に〟機能したこの二組の「将と参謀」の形を、それこそ表層的な形だけ真似たのである。このことは、大東亜戦争敗戦の、その前に開戦に導いた要因の一つとして意識されていい。

これらのことも、明治維新という過ちがもたらしたその後の八十年の歴史事実として別の著作で整理したいと考えている。

ここで名前を挙げたもう一人の新時代人南方熊楠。彼は一種の天才と言うべき存在であり、仮に江戸に生きていたとすれば、それはそれで途方《とほう》もない学問的成果を挙げていたのではないだろうか。少なくとも熊野古道が世界遺産として今日《こんにち》存在するのは、南方熊楠という奇人変人の域を超えた規格外の人物が存在したことが多少なりとも作用していることを頭の片隅にでも置いておくべきであろう。

新時代人の事例として挙げた彼らの生年を整理しておく。

正岡子規　慶応三（1867）年
秋山真之　慶応四（1868）年
夏目漱石　慶応三年
南方熊楠　慶応三年

このように、厳密に言えば彼らは完璧な御一新以降の人間ではないのだ。しかし、自意識としては、新時代人であった。そして、特に無邪気な正岡子規などは、新時代人であることを誇り、ややもすれば旧時代人＝江戸人を見下すようなところもあったようである。尤も、それは決して悪意に満ちたものでも何でもなかった。自分たちの明治という時代を、文明の発展すること以外は考えられない輝かしい時代と、無邪気に意識していただけのことである。

ここで挙げた四人は大学予備門の同窓であるが、子規と秋山真之は、松山で育った幼馴染《おさななじ》みでもある。

二人とも、文官として名を成すこと、或いは文学で身を立てることを目指していたが、真之が海軍兵学校へ転じたのは経済的な理由に因《よ》るものであった。この幼馴染みでもある二人の新時代人が、身近に旧時代人＝江戸人として意識したのが、真之の兄、秋山好古《よしふる》である。今からみれば、もはや変人の域に入るであろう、並外れて個性的であった子規や真之にとっても、この江戸人は恐ろしかったようである。

秋山好古。「日本騎兵の父」と言われるこの男は、安政六（１８５９）年の生まれである。安政六年といえば、前年五年に日米修好通商条約が締結され、それに反対する水戸斉昭《なりあき》や息子の一橋慶喜《ひとつばしよしのぶ》が永蟄居《えいちっきょ》や謹慎《きんしん》を命じられるなど、所謂「安政の大獄」と言われる政情不安な時代である。もっと分かり易く言えば、新撰組土方《ひじかた》歳三は、この頃、まだ薬の行商をやりながら、ふらふらと過ごしていた。西郷隆盛は、奄美大島に流されていた。そういう時期である。

確かに、子規などからみれば、好古は江戸人であろう。それも強烈に個性的な、恐ろしい江戸人であった。弟の真之は、終生この兄には頭が上がらなかったようだ。

秋山好古という、やはり日露戦争で名を成した江戸人は、フランス人が自国人と間違えるような容貌をしていたが、そのことに似つかわしくないような多くのエピソードに包まれている。無類の酒好きで行軍中に馬上で酒を呑みながら進軍する、日露戦争中に入浴したのは二回だけ、腸チフスに罹《かか》っても医者には行かず、自力で治す、贅沢《ぜいたく》を嫌いおかずは沢庵《たくあん》のみ、弟真之が居候《いそうろう》している時も茶碗は一つだけ、真之には足袋《たび》を履かせない、真之の下駄の鼻緒《はなお》が切れて直していたら「そんな時間があるなら裸足《はだし》で行け」と命じる、国際会議でいびきをかいて居眠りをする、フランス時代に山縣有朋《やまがたありとも》から頼まれた使いの品を、列車内で酒を呑んで居眠りしている間に置き引きされる等々、武勇伝から間抜けな話まで枚挙に暇《いとま》がない。これが、家禄《かろく》僅か十石の徒士《かち》身分の家に生まれた、一応武家身分の江戸人であった。

因みに、児玉源太郎は、黒船来航一年前の嘉永五（1852）年生まれであるが、ここでは省くが、この男にも似たようなエピソードが幾つもある。

では、新時代人は違ったかといえば、これが全く同じなのだ。

兄好古の前では直立不動しかできぬ好古の弟真之からして、変人奇人の域を超えていた。この男も身なりを気にせず、軍服で鼻をすするは、人前で放尿するは、といった具合で、作戦に集中すると何日も入浴しなかった。

科学誌ネイチャーに掲載された論文の数（五十篇）が日本人ではもっとも多い南方熊楠になると、奇人変人の枠すら超えていて、もはや人類としてギリギリの線の上を生きていたのではないかと思われるほど個性的といえば超個性的、或いは、もはや「異常」に近かったと言っていい。

余談ながら、この男には、漱石にみられるような明治人特有の「西欧コンプレックス」とも言うべき心理がまるで認められず、大英博物館に留学している時に人種差別発言を向けてきたイギリス人に頭突《ずつ》きを喰らわせたり、投げ飛ばしたりして、大英博物館への出入禁止処分を受けている。

つまり、彼らの間では、新時代人だ、旧時代人だという区分の意識があったかも知れないが、私のような平凡な昭和人からみれば、等しく個性的過ぎるのである。

これは、恐らくアイデンティティの強さの問題であろう。

江戸人には、確固としたアイデンティティがあった。このことは、例えば、幕府の列強との条約交渉時の交渉態度をみても容易に洞察できる。

これが、西欧崇拝に走った明治新政権の時代になると、少しずつ消滅に向かう。完璧に消滅したのは、昭和の戦後であろう。少なくとも明治時代と言われる時代には、まだ色濃く残っており、このことが明治国家を何とか国家たらしめていた要因であることは、疑う余地がない。この点については、明治維新絶対主義者であった司馬遼太郎氏の観察も間違っていない。

江戸の社会システムや社会の骨格とも言うべき固有のやり方は、全否定されて土中に埋められてしまったが、江戸社会を支えてきた江戸人のＤＮＡは、新時代人に引き継がれていたということである。江戸の遺産とも言うべきこのＤＮＡは、江戸人の親から新時代人の子へ、更には孫へと、生物学的に言えばごく普通に受け継がれていったということであろう。

明治近代は、明らかに江戸の遺産で成り立っていた。そして、平成も終わろうという今、世界が求めているのも、実はこの「江戸のＤＮＡ」なのである。

私が切に試みたいと考えているのは、土中の江戸の遺構や遺跡、或いは微《かす》かなその痕跡から江戸のＤＮＡを抽出することである。

## ３　戦争を知らない子供たち

明治の半ばに「新時代人」ということが意識されたという現象は、その後も大きな時代の節目にはよくあることである。

大東亜戦争敗戦時がそうであったが、こういうことはまさにその時点で言われることではなく、しばらく経って落ち着いてから、例えば世代論などの形で分析、論争の対象となることが多い。

私どもの世代では、大きく分けて戦後人であるか戦前人であるかが意識された。戦前人のことを、一般には「戦中派」「戦前派」などと呼んでいた。しかし、何年生まれ以前を戦中派と言うなどというような確たる定義は、合意された定説という形では何もない。

そもそも、戦前と戦後をどこで線引きするかといえば、実はこれが厄介《やっかい》な話なのだ。

大日本帝国政府が無条件降伏を盛り込んだ「ポツダム宣言」受諾を通告したのは、昭和二十（1945）年八月十四日である。これに伴い「終戦の詔書《しょうしょ》」の日付も八月十四日となっている。

そして、天皇が「終戦」を広く、直接国民に告げる「玉音《ぎょくおん》放送」が流されたのが、八月十五日であった。

陸軍の一部にまだ徹底抗戦を叫ぶ部隊がいる中、アジア各地へ展開していた軍も含め、全軍に停戦命令が発せられたのは、八月十六日のことであった。十四日に無条件降伏を通告しておきながら、停戦命令は二日後であったのだ。各地の前線で悲劇が起きるのも当然であった。

更に、戦艦ミズーリ号の甲板で、我が国の代表団が降伏文書に署名したのは、九月二日であった。従って、外交上は九月二日が「休戦条約締結日」となる。ロシアでは、今でもこの日を「戦勝記念日」として国を挙げて祝っている。

　時は少し下って、昭和二十七（1952）年四月二十八日、「サンフランシスコ講和条約」が発効した。戦争状態にあった国と国との間でようやく「講和」が成立したのである。つまり、国際法の上では大東亜戦争の終結日は、この昭和二十七年四月二十八日なのだ。

　私たちは、この日を「日本が独立を回復した日」と認識しているが、国際法上は「戦争終結日」に過ぎないのである。アメリカは、素早く「日米安全保障条約」を押しつけ、これが「日米地位協定」なるものによって運用されると同時に、「日米合同委員会」が運用の細目を決定するという、実質的に日本占領を継続する仕組みを創った。この体制が、平成の今も続いているのである。

　即ち、千《ち》島《しま》列島から先島《さきしま》諸島までの日本列島を実質的に統治しているのは日本国政府であるとは、今なお言い切れないのが実態なのだ。現実に、今も千島列島はすべてロシアが軍事占領し、ロシア領として既成事実化が進んでおり、島根県の竹島は韓国に軍事占領されている。先島諸島から沖縄に至る島々が共産中国に侵略されるのも時間の問題であろう。日本列島の大部分は、安保体制によって日本国の主権が完全には及ばないようになっているのである。

　これらの事実に、私たちの日本国政府が、一独立国として何かもの申したことがあったかと言えば、それはない。言いたくても、占領軍によって憲法を押しつけられており、それを「平和憲法」などと称し、七十年以上もそれには全く手をつけていないのである。このことも、日本固有の、世界的には例をみない不思議な現象なのだ。

つまり、この国は敗戦から七十年以上を経た今日も、独立国としての要件を満たしていないのである。従って、「独立国として」もの申すことなどあり得ないことを知るべきである。

政治的な屁理屈《へりくつ》のように聞こえるかも知れない。しかし、政治家や官僚というものは、特に外交においてはこの種の論理を自在に操れなければその資格はないと心得るべきである。女にうつつを抜かし、男に溺れて不倫騒動を繰り広げている場合ではなかろう。

しかし、殆どすべての日本人は、八月十五日を「終戦記念日」とし、何ら疑うところはなさそうにみえる。やはり、国際法上はどうあれ、基準は「玉音放送」なのだ。しかも、敗戦を「終戦」などという言葉に置き換えて体裁を繕《つくろ》っている。

そういえば、戦時中の大本営は、敗退を「転進」と言い換え、全滅を「玉砕《ぎょくさい》」などと表現して、言葉で繕って実態を常に隠蔽《いんぺい》した。「終戦」もその一つである。列島が焦土と化しても、「敗戦」とは絶対に言わないのである。

こういうことを言っていると、また私に「反日主義者」とか「左翼」などというレッテルを貼っていきり立つ人が出てくるのだが、そういう方は即刻本書から去っていただいた方が、ご本人にとっても幸せというものであろう。今どき、右翼だ、左翼だというレッテル貼りに何の建設的な意味もないことは、一々説明するまでもないことである。

それにしても、論理的には他にも候補日がありながら、「終戦記念日」が玉音放送が流された日であることは、実《まこと》に興味深い。

強いて論拠を探せば、昭和三十二（１９５７）年に外地からの引揚者に給付金を支給することが法律で決定されたが、この法律ではその計算の基準となる戦争終結日を八月十五日としている。何故なら、やはり玉音放送が流された日であったからである。この法律は、逆に玉音放送を、戦争終結の論拠としているのだ。

また、〝浮かれ騒ぎ〟が始まった80年代、昭和五十七（１９８２）年に、八月十五日を「戦没者を追悼し平和を祈念する日」とすることが閣議決定された。実に曖昧な表現であり、戦争終結がいつであったかについては全く無関係な表現であると言って差し支えない。

要するに、すべては玉音放送なのである。

国際法がどうあれ、外交上の経緯や慣例がどうあれ、はたまた憲法がどうあれ、今も続いている明治近代という時代においては、天皇が国家の行動や意思を決するのだ。明治という時代が始まる「御一新《ごいっしん》」に際して長州が蔓延させ、定着させた天皇原理主義という、江戸期までは存在しなかった一元思想は、それほど強固にこの国を縛り上げてしまったのである。

少し横道に逸《そ》れるが、無条件降伏を受け入れるに際して時の政府が天皇の「ご聖断《せいだん》」を仰ぎ、議を決したことは余りにも有名であるが、大日本帝国憲法（明治憲法）に照らしてもこれは憲法違反である。となれば、玉音放送も同様である。

いざとなれば、いつでも天皇を政治的に利用する。明治新政権が、己を誕生させる時にさんざん使った手である。このことも、綿々と生き続けているということなのだ。

憲法上の天皇の国事行為云々《うんぬん》はさておき、私にとっての問題は実に卑近《ひきん》なことであって、私自身が「戦後派」なのかどうかということに過ぎないのだ。

私は、昭和二十一（1946）年の生まれであるから、玉音放送を基準にすれば、紛れもなく戦後の人間である。急に柔《やわ》な態度に豹変するが、国際法がどうあれ、玉音放送に法的な意味が全くないにせよ、大体あのあたりが「敗戦を認めた日」として大きな問題はあるまい。ここで法的裏付けなどと言い出すと、学者の論と変わらず、社会通念を混乱させるだけである。明治近代政権の系譜にある時の政府が、如何《いか》に天皇という存在を都合よく利用してきたかを確認さえしておけば、それでいい。

僭越《せんえつ》ながら、私も本シリーズの初刊本で、未熟ながら世代論を展開している。正岡子規や秋山好古・真之兄弟にも触れた。

その際、「戦後第一世代」なるものを設定した。そして、その定義を、「敗戦時に十歳前後の少年少女であった世代」とした。

この世代は、さあこれからいろいろな情報に接し、知識を蓄え、知性や見識の芽を形成しようという少年少女時代に敗戦に遭遇し、周《まわ》りには一気に粗暴なヤンキーが溢れたのである。こういう環境が基底となって、この世代は、良いにつけ悪いにつけ、色濃くアメリカ風に染まって大きくなった。このことは、センスフルにアメリカナイズされたというような意味ではなく、日本的なるものを知らずして大きくなり、或いは軽蔑して成長してしまうのである。

思春期は、戦後の混乱期である。道徳も美徳もあったものではない。すべては金だ、というのも、この世代の特性かも知れない。一方で、戦前の天皇原理主義に支えられた軍国主義に対する反撥から、社会全体が左翼化していき、彼らはその中核を占めることになる。

このような風潮、つまり、万事アメリカ風が幅を利《き》かせ、日本的なるものは蔑視されるか無視され、それに伴って倫理観も薄れ、社会全体が左翼化して左翼でなければ知識人とはみられないといった社会の空気は、その後も一貫して日本社会を覆っていた。その先頭に立っていた世代という意味で「戦後第一世代」なのだ。

この「戦後第一世代」の子供に当たる世代が「ユーミン世代」(バブル世代)である。

これは、その子たちがユーミンの全盛期に青春時代を送ったという意味で、ユーミンのファンであったかどうかは無関係である。この世代は「バブル世代」とかなりの部分で重なっており、大雑把《おおざっぱ》に「バブル世代」に統一しても決して間違いではない。

この世代が、またひどい。そのひどさは、別に一節を設けないと説明し切れないので先へ進む。

「戦後第一世代」に続く私とその前年生まれの世代は数も少なく、存在すら認知されているのかどうか疑わしい、実に中途半端な存在なのだが、私の直ぐ後の世代が、所謂「団塊《だんかい》世代」である。これは、一転して数だけはやたら多いのだ。

戦争が終わった！　さあ、やろう！　とばかりに、一気に子供をつくってしまったばかりに、人口ピラミッドの標準形を歪《ゆが》ませるほど人間が増えたのである。ここが、深刻の度合いを増す日本の人口問題のスタート地点となったのだ。

この「団塊世代」の子供、即ち、「団塊ジュニア」の一部が「ユーミン世代」に重なっている。「ユーミン世代」（バブル世代）と「団塊ジュニア」……これほど戦後日本を象徴する世代はいない。

「戦後第一世代」も、その後の中途半端な私の世代も、更にそれに続く「団塊世代」も、共通していることは「日本的なるもの」を否定して育ったことであった。

60年代から70年代前半、つまり、高度成長期のピークに当たる時代、周りに和装の女性などまずいなかった。花火大会などでの浴衣《ゆかた》姿でさえ、今の方が圧倒的に多い。ミニスカート全盛期、そして、「ピーコック革命」……私も、白いYシャツは急なお通夜用として会社のロッカールームに一枚備えておいただけで、カラーシャツしかもっていなかったし、着なかった。歌舞伎？　落語？　そういうものがあったね、といった程度で、若者がそれに関心をもつなどということは一般にはなかった。万事がこの調子で、御一新の時と同じように日本的なるものの価値はすこぶる低かったのである。

こういう「団塊世代」とその子供世代に当たる「ユーミン世代」「バブル世代」、そして、一部が重なる「団塊ジュニア」が、また同じように日本文化や日本的なるものに価値を認めなかった。今の四十代半ばあたりから五十代前半が、後者の世代の中核に当たる。

蛇足と知りつつお断りしておくが、こういう世代論は典型的な一般論であり、最大分布をみて言っているに過ぎない。例外がたくさん存在したことは、当たり前である。

団塊世代と団塊ジュニア世代が、同じように非日本的な嗜好《しこう》をもっていたこと、「西洋かぶれ」と言っていいような生活様式や思考様式をもっていたことは紛れもないが、両者には決定的な違いが一つある。

それは、後者が「アメリカ一辺倒《いっぺんとう》」であったことだ。ハリウッド映画に至上の価値を置き、たかだか半年ほど南カリフォルニア大学へ語学留学して「オレンジシャワー」の洗礼を浴びただけで国際人になったかのような錯覚に陥る。その実《じつ》、国際センスは著しく欠落している。

前者の場合、つまり、彼らの親世代の場合は、やはり日本的なるものを蔑視はしていたが、アメリカ一辺倒になることはなかった。映画一つとっても、フランス映画、イタリア映画、ギリシャ映画、時にはイラン映画に至るまで、選択肢の幅が遥かに広かったのである。フランス映画「赤い風船」やイタリア映画「道」などは、映画史上に残る名作で、多くの若者を惹きつけたものだが、ジュニア世代は「そんな映画」は知らない者が多い。親世代の時代には、ドタバタ騒ぐだけのハリウッド映画はむしろバカにされていた。

両者は、政治環境や教育の影響を受けて共に「非日本的」であることを志向してきた世代である。しかし、アメリカ一辺倒であるか否《いな》かで決定的に異なるのだ。後者にとっては、アメリカこそが世界であったと言っても、全く言い過ぎではない。

一つには、高度成長期はまだ左翼思想全盛であったことと、もう一つベトナム戦争の影響を挙げることができるだろう。

昭和四十六（1971）年、『戦争を知らない子供たち』（ジローズ）という歌がリリースされた。作詞は北山修、曲は杉田二郎で、最終的に三十万枚以上を売り上げた、それなりのヒット曲であった。日本レコード大賞の新人賞、作詞賞を受賞している。ジャンルはフォーク。当時のフォークそのものが反戦歌と言ってもいいが、中でもこの楽曲は反戦歌の代表と位置づけられることが多い。

即ち、ベトナム戦争反対！　で盛り上がったフォーク全盛時代とは、反米時代でもあったのだ。学園紛争は、そういう時代の空気の中で展開されたのであった。このことが、非日本的な体質をもっていながらアメリカ一辺倒にはならなかった背景ではないかと考えられる。

結局、ベトナム戦争という十五年に亘《わた》る「宣戦布告なき泥沼戦争」を日常に感じながら、我が国自身の戦争を知っているか、知らないかが、当時の世代意識というものに直結していたことを、この楽曲の存在が端的に示している。そして、戦争を知らない戦後人は、戦中派や戦前派に対して胸を張ったのである。

私は、戦争を知らない。従って、北山修流に振る舞えば、「戦争を知らない世代」として威張っていていいわけであり、正岡子規や秋山真之のように無邪気に「新時代人」を誇っていてよかったはずなのだが、このあたりが実《じつ》に微妙なのだ。

この際、玉音放送を基準にしてもいい。私は、確かに玉音放送の後に生まれた。ところが、玉音放送の十月十日《とつきとうか》後とは……これが、大体私の誕生日とされている頃なのだ。ということは……。いや、そういうことは詮索すまい。

要するに、それほど微妙な「戦後世代」であるということなのだ。この場合の「微妙な」ということを、別の表現で言うと、私は確かに「戦争を知らない」。しかし、「戦争のこと」は、割と知っているのである。

私の幼い日々、父は私を膝の中に置き入れ、軍歌を唄い、前線の悲惨な体験を語り、軍人勅《ちょ》諭《くゆ》、教育勅語を諳《そら》んじた。繰り返し、繰り返し、唄い、語ったのである。

そういう父の身体は、全身のあちこちの肉が剥《は》がれ、指は一本なく、夏にランニングを着て短パンを履こうものなら肉の剥がれた箇所がより多く露出し、近所の幼児が怖がって逃げたほどの無残な身体であった。私は、父親の身体とはそういうものだと思って育ったのである。北《ほく》支《し》戦線の最前線では、兵たちがどんなものを食って戦っていたかも、なまじの大人よりよく理解していたし、野戦病院での非情な処置の様子も、軍馬の哀れな最期も知っていた。

城下へ出れば、まだ町中《まちなか》に傷痍《しょうい》軍人の姿が、日常の風景としてそこにあった。塹壕《ざんごう》の中を憚《はばか》り、塹壕を出て用を足したばかりに撃たれて死んだ初年兵の遺骨を、父が岐阜の初年兵の実家へ届けに行ったことも覚えている。

しかし、戦争は知らない。「戦争のこと」は詳しく知っているが、北山と同じように「戦争を知らない子供」の一人であったのだ。

戦場で敵と殺し合った大正生まれの父たちは、既に死に絶えた。その膝の温《ぬく》もりと、肉のえぐれた醜い身体と共に「戦争のこと」を知った私どもも、墓場が見えるところまできた。後《あと》は、一体誰が、どうするんだ？

## 4 「片づけ世代」の逆襲

まもなく平成という一つの時代が終わる。このことについて、

「私、古くなっちゃう」

と嘆《なげ》いている平成生まれの女の子がいたが、それほど気にすることでもあるまい。何故なら、今の時代は特に「新しい」ということにそれほど価値があるとは思えないからである。

勿論、女の子の年齢だけは、私は若年の方がいいが、これにも「熟女好き」なる者もいて、こういうことも一概には言えないのだ。

平成の次の元号《げんごう》が何になるのか、そんなことは私には全く分からないが、次の元号の時代になった時、平成生まれは確かに「前時代人」となるのだ。

その時、明治の御一新《ごいっしん》の時、昭和の敗戦の時と同じような、後に世代間対立を生むような「時代の区分」に対する一種の〝深刻な思い〟が発生するのだろうか。昭和が平成に変わった時は、さほどのことはなかったような気がするのだが、今度ばかりはそうはいかないような気がする。いや、どこかにそれを期待する気持ちがあるのだ。

あの時、何の根拠もなく、「一世一元《いっせいいちげん》の制」に対する何らの思いも全くなく、私は何となく平成という時代はあくまで「繋ぎ」の時代であって、比較的簡単にまた改元が行われるような気

分になっていた記憶がある。

あの一種、不思議な無関心にも似た感情は、何に由来していたのだろうか。それは、ちょうど私が勤め人を辞めて独立する直前のことであったが、そういう個人的な事情が影響していたことかも知れない。

それが、気がつけば三十年である。私の周《まわ》りに二十代の女の子は何人もいるが、冷静に考えると彼女たちは全員もれなく平成生まれということになる。

スタッフばかりではない。吉祥寺の行きつけの飲み屋の女の子も、取引関係社のあの子たちも、みんな平成生まれなのだ。

何ということか。何と恐ろしいことか。この稿を書いていて、初めてそれを意識して慄然《りつぜん》とした。

そういえば、最近、平成生まれの子が何人もスタッフに加わった。最近というのは数年前からのことであるが、履歴書を見て初めてそれに気づいた時も、やはり驚きであった。

また脇へ逸《そ》れてお断りしておかなければならないが、私が言う「最近」という言葉は、非常に評判が悪く、時々「近年」という言葉に言い換えることを余儀なくされるのだ。

「最近は携帯会社がたった三社に絞られてしまったもんだからさ〜」

という具合に携帯会社への怒りを述べ始めた途端に、

「最近って、それいつの時代のことを言ってるんですか?」

などと、クレームが入るのだ。

一瞬、言葉に詰まり、

「いや、近年はさぁ〜」

という具合に、言い直すことになる。

どうも、私の「最近」や「近年」と彼ら彼女らのそれとの間には、時の流れを規定する定義が決定的に異なるようなのだ。

その子たちに言わせれば、私の「最近」は、大体十五年前あたりまでを指しているらしい。そして、それは「ひと昔前」と言うのが正しいなどと、「最近生まれた」ばかりのような身で、生意気な注意をする輩《やから》まで現れたのである。

私は、無用な摩擦を好まない。それこそ「最近」は、意識して「近年は」と言うようにしている。ところが、それも全くおかしいと主張する者が多く、言論封殺《ふうさつ》は朝日新聞だけでなく、こんなに身近まで迫っているのだと、「末世観《まっせかん》」を募《つの》らせている今日この頃である。

話を本筋に戻す。

平成と改元されたのが最近のことであるという意識は、かなり改めた心算《つもり》であるが、今頃になって平成生まれの評判はかなり悪化している。

勿論これも、総じて、という断りを入れなければならないが、確かに平成生まれという人種はものを知らなさ過ぎる。そこまで知らないかと、もはや感心せざるを得ないほど知識、情報のもち合わせがない。

今頃になって、また司馬遼太郎氏の『関ヶ原』が映画化されているが、

「関ヶ原って何？」

などと聞かれて、驚いていてはこの連中と付き合ってはいられないのだ。

この時、関ケ原が地名でもあって、そこを舞台として、などと解説してはいけない。間違っても、そういう親切心を出してはいけないのだ。せいぜい、

「そういう戦争があったのさ」

こういう短いひと言で済ませるのが、コツなのだ。岐阜県と滋賀県の県境に関ケ原という場所があってね、などと言ったって、岐阜県がどこか、滋賀県という県がどこに位置するのか、分からないのが普通であるから、余計な解説は彼ら彼女らを混乱させるだけに終わる。この場合、合戦の時期も「余計な解説」に含まれることに注意しなければならない。

平成生まれに時期、時代を教えようとすることほど、困難極まることはないことを知らなければならない。

「家康が勝って、そこから江戸時代が始まるわけで〜」

などと口にしたら、後は泥沼に陥ることになるのだ。

「家康って？」

「江戸時代って、大奥？」

「知ってる！　友達が戦国無双《せんごくむそう》好きだった！」

「ああ、堺雅人のやつ？（真田丸のこと）」

読者諸兄は、これらを整理して矯正《きょうせい》しながら正しく関ヶ原の合戦を教える自信がおありだろうか。残念ながら、私には無理である。強くお断りしておくが、これらの発言事例は、フィクションではない。恐ろしいことではあるが、すべて実話である。

軽く考えておられたことであろう。しかし、現実に平成生まれと親しく会話するとは、こういうことなのだ。

私は、こういう連中の多い飲み屋で飲むことも多いので、だいぶ耐性ができている。ひと言でやり過ごすコツも会得《えとく》しているし、酒を飲むということは、諦観《ていかん》を伴うことであると心得ている心算である。

私の著作の中心は、時代で言えば幕末である。長州がどうの、会津の怨《うら》みがどうのというような話は勿論、黒船が来た時、江戸城が無血開城された後などという話をしたら、どういうことになるか。想像するだけで、飲む気も失《う》せるのである。

さすがに坂本龍馬、新撰組沖田、土方《ひじかた》は分かるでしょ？　と聞かれることがあるが、甘い。平成とは、そのような生易《なまやさ》しい時代ではないのだ。

龍馬や沖田が通じたのは、この子たちの親世代までのこと。つまり、「バブル世代」から「バブルの尻尾世代」とも言うべき世代までである。それもネタ元がアニメや初期のゲームソフトであったから、龍馬や沖田がどういう人物だと理解しているかは、推《お》して知るべしである。あの頃の私は、まだ真剣に怒っていたが、自分の若さを懐かしく思い出すだけで、この子たちに比べればと、今や思い出の中の怒りも消えていて、感慨深くさえ感じることがある。

そして、それこそ近年、「ゆとり世代」ということが、ネガティブな響きを以てあちこちで語られる。確かに、「ゆとり」とは厄介《やっかい》な世代である。

彼ら彼女らの最大の特性は、述べたように異常にものを知らないことである。そのことと同等程度に万事に「受け身」であることも、特筆すべき特性なのだ。

これらの特性は、その育てられ方が創り上げたものだと思われる。

教室で次の時間の授業に必要なものは、何でも先生が用意してくれるのだ。学校へ持っていくものは、親がきちんとランドセルへ入れてくれるのである。自分でとやかく悩む必要も判断して選ぶなどということもないのだ。すべては、親と先生が用意し、支度《したく》してくれるのである。

「はい、これは机の右側へね、こうやって置きましょうね」

などと、先生は手取り足取り整えてくれるのだ。何も心配することはない。余計なこともする必要はないのである。

「ゆとり」は、こうやって小さい時から手厚い庇護を受けて育っている。

こういう子たちが社会へ出てくると、どういうことが起こるか。

何かの届出書を提出する。届けによっては押印《おういん》が必要となることがある。上長が、

「ハンコが抜けてる!」

と突き返すと、

「聞いていません」

これが、大概の「ゆとり」の返答なのだ。つまり、届けを出せとは聞いているが、ハンコを押して出せとは聞いていないというわけである。

これは、届けの提出に反撥しているわけでもなければ、からかっているわけでもないのだ。本人は、大真面目《おおまじめ》なのだ。ハンコを押すのなら、そのように言ってくださいというのが、「ゆとり」の論理なのである。

言われたことは忠実にやる。ただ、「言われたこと」の範囲が、文字面《もじづら》そのままで、常識的にそれに付随することは「言われたこと」に入らないのだ。大概の届出書類に押印が必要なことは当たり前であって、届けを出せとは言っても、上長は一々「押印して」までは言わないだろ

う。しかし、これは「ゆとり」には通用しないのである。押印が必要なら、それを言わない方に手落ちがあるのだ。

アホか！　と思われるであろう。そう、彼ら彼女らは私どもの世代からすればアホなのである。

しかし、そのような屁理屈《へりくつ》のようなことを屁理屈としてではなく、大真面目に「奇人」のようなことを言う人種を創ったのは誰か？

彼ら彼女らの親世代、つまり、「バブル世代」「バブルの尻尾世代」ではないか。具体的な年代で言えば、中核は四十代後半から五十代前半である。私は面倒なので、これをひと言で「平成四十男」と言っている。

というのは、「バブル世代」の女性もひどいが、男がどうにも救い難《がた》いのである。

先に「平成四十女」の二十代の時の実態を象徴する実例を一つだけ挙げておこう。

私は、昔も今も、いろいろな事情でタクシーをよく利用するが、乗車したら降りるまで、ドライバーと殆ど話をする。そして、この大東京で、同じドライバーにまた会ったということが一度や二度ではなく、最大で三度目というドライバーもいた。勿論、これは契約ドライバー以外の場合である。

実はこれは、タクシードライバーには時間帯によって方面別の溜まり場があったり、基幹道路では流す方向の傾向があったりするからであって、このことが同じドライバーに遭遇する確率を高めているからに他ならない。

そのことはさておき、ドライバーとの会話から得られることは、景気動向一つとっても日銀や経企庁（当時）の発表することより変化が早く、一般庶民レベルの景気実感とのギャップが小さい。政治に対する感情も同様で、選挙前など、こりゃ自民党は負けるな、といったことが予測し易いのである。専《もっぱ》ら新宿界隈でしか飲まなくても、今週の銀座は閑古《かんこ》鳥《どり》が鳴いているといったことも分かるのだ。

彼らドライバーも、バブルのあの時代はいい思いをした。歌舞伎町で飲んで、タクシーを拾おうとしても、靖国通りが通りいっぱいにタクシーで埋め尽くされてはいるが、空車はいないという時代である。その時代に彼らが体験した生々しい実話である。

四月に入社した新入女性社員。夏のボーナス時はまだ入社して三ヶ月ほどしか経っていなくて、どの企業においても満額は支給しない。当たり前であるが、バブル期のある年、某大手証券会社の新入女性社員が七月頭に手にしたボーナスは、五十万円強であった。「手にした」というのは、手取り額という意味である。

その日もご機嫌で飲み歩き、勿論タクシー帰り。ドライバーにボーナスをチラつかせて自慢するまではまだ可愛いものと言うべきかも知れない。その女の子は、タクシー車内でドライバー席に脚を掛けたりして誘惑を始め、結局ドライバーを自宅マンションへ連れ込んだ。

今は、タクシードライバーの高齢化が進んでいるが、当時は彼らもまだ若い。とはいえ、失礼ながら、そうそうイケメンが揃っている業界でもない。要するに、女の子は単に性的欲求のはけ口が欲しかっただけで、ドライバーは〝余得〟にありついただけであった。

全く同じ体験をしたドライバーを、当時、私は四～五人知っていた。最近（近年か？）、当時の思い出話として白状してくれたドライバーが二人いた。つまり、この実態は、極端なごく一部の例とも言えないということなのだ。社会全体のタガが緩んでいたとしか言い様《よう》がない。

従って、今更「文春砲」などと言って、不倫だ、それもダブルだ、などと騒ぐこともなかろう。勿論、改めてのお断りになるが、こんな事例が、極端な一部ではないにしても、大勢を占めていたなんてことがあるわけがないのである。

「平成四十女」の若かりし頃のエピソードは、これ一つに留《とど》める。

「平成四十男」の場合の方が、考え様によってはもっと深刻かも知れない。

あるテレビ局が特集していたドキュメンタリー。「バク転」を習うジムのようなところへ通う四十代半ばの、如何にも優しそうなサラリーマン男性。きっと仕事のできる優秀なビジネスマン……に見える。

彼は、大きな悩みを抱えていた。小学校高学年になった息子を「叱れない」のだ。頭では、この場面では叱るべきだと分かっていても叱れないという。そこで、彼は「バク転」ができるようになろうと決意し、それをマスターすべく通っているのである。

バク転ができれば、叱れる？　彼によれば、バク転ができるようになれば、一つ自分の殻《から》を破ったような気になるだろうと思い（予測である）、そうすれば我が子を叱れるようになるような気がする（これも予測である）というのだ。

この話、深刻な実例であるが、何とも奇妙な要素に溢れている。それについて一々述べていると、幾ら紙幅があっても足りなくなるので、すべて省略する。

私の周囲の「平成四十男」も、知っている企業の彼らも、若い女性を叱るということは、一切できない。怖いから叱れないのか、可愛いから叱らないのか知らぬが、とにかく彼女たちが何をやらかそうとも絶対叱らない。これは、彼らの最大の特性である。但し、飲むと豹変《ひょうへん》する男も多い。

国鉄（ＪＲ）私鉄を問わず、駅員に対する「暴行」という事犯の数が増えているようだが、暴行犯を年代別にみると、もっとも多いのが五十代だという。

ビジネスの面で言えば、更に深刻な特徴がある。

本来のビジネスルール、ビジネスマナーというものを知らない。慶弔《けいちょう》関係のことになると、更に知らない。

しかし、これらのことより真《しん》に深刻なことは、マーケティング知識、マーケティングセンスというものが欠落していることである。もっともらしい横文字を口にして、さも分かったような気になっているが、すべてが断片的で、実はすべての企業にとってもっとも必須な知識であるマーケティングというものを体系立って学んだことも、学ぼうとしたこともないのである。それを放棄して「浮かれ騒いで」いても許されたのが、彼らの二十代であったのだ。日本の企業社会全体を見通しても、80年代から90年代にかけて、マーケティングという知識概念は一度死んでしまっているのだ。

このことによって、今、我が国の企業の「企業力」というものは目に見えて弱体化しているが、このことも述べ始めると収拾がつかなくなる恐れがある。シャープの例などは非常に分かり易いが、もっと身近なところでも、どのスーパーが、どのコンビニが、どの旅行会社が凋落《ちょうらく》していくかは、マーケティングという物差しを当ててはめてみれば大体分かるはずである。

今、企業のリーダーとなっている世代はどの世代なのか。事態の深刻さは、この点にある。

ある新聞社のアンケート。勿論、サンプリング調査であるが、「自社で一番役に立たないと思う世代はどの世代か」という問いに対して、輝かしくも回答の第一位を占めたのは、「五十代」であった。誰もが、「二十代」が第一位になるだろうと予測したこの調査、結果は実に深刻なものであった。

整理しよう。

「戦後第一世代」と私の属する中途半端な、名称も与えられていない世代が、「ユーミン世代」「バブル世代」の存在を許してしまった。私の次の「団塊世代」は「団塊ジュニア」を生み、これは「バブルの尻尾世代」ともいうべき〃チャラチャラした〃世代となってバブル世代的な特性を引き継いだ。そして、「ユーミン世代」「バブル世代」「団塊ジュニア」が、「ゆとり世代」を創ったのである。

ある日、これは今年のことであるから間違いなく「最近」のことだが、スタッフの一人である、紛れもない「ゆとり」の女の子KMが私に宣言した。

「私たちは『片づけ世代』なんです！」

KMは、自分に時間のある時だけ、私の部屋へぬぅ〜っと顔を出し、勝手なことを言って、済んだら帰るのである。私の部屋は、常にドアが開けっ放しになっている。

一体、「ゆとり」が何を片づけるというのか。

「だって、今の日本をグチャグチャにしたのはバブル世代じゃないですか⁉」

確かに、KMたちの親世代が〃グチャグチャ〃にしたことは、述べてきた通りである。それを「ゆとり」が「片づける」と言うのか。いつもだったら、

「身の程《ほど》知らずが！」

などと逆にどやしつけていたところだが、私は思わずKMの顔をまじまじと凝視《みつ》めてしまった。

KMの言うのは、私が言う「平成四十男」（五十代前半を含む総称）のことであるが、彼らは日頃から、

「近頃の若いヤツは……」

と、例によって何百年も繰り返されてきた言葉を、歴史の法則通りに繰り返している。この時、己の無知、無力を完璧に忘れている。

その「近頃の若いヤツ」である「ゆとり」の女の子は、歴史的な台詞《せりふ》を吐いている男たちをバカにし、彼らが壊した社会を「片づける」、つまり、元に戻そうとしているのだ。

注意すべきことは、この時の「ゆとり」とは女の子であって、男は除外しなければならない。「ゆとり男子」は、また全く別の生物であって、ここで同等に扱うことはできず、本節では対象外である。

ボキャブラリー不足から「片づける」という言い方をしたが、KMが言ったのは、この社会を元の状態に戻す、或いは再構築するという意味である。

思い当たるフシがある。

「ゆとり」「ゆとり」とさんざんバカにされてきた彼女たちは、総じて現実主義者であるが、観

念論や理念、理想といったものをバカにしない。そして、「平成四十男」より遥かに「耐える力」が強い。「耐える力」というものは、時に問題を発生させるが、仕事場においては有効であることが多い。そして、この国のビジネスマンたちのもっとも顕著な特性の一つでもあった。ところが、「平成四十男」はこの点はウイークポイントとも言えるほど、弱い。

思えば、オッサンの町としてしか認知されていなかった新橋の風景を変えてしまったのは誰か。横町の一杯飲み屋を女性が出入りする酒屋に変貌させたのは誰か。女人禁制《にょにんきんせい》であった杜氏《とじ》の世界に女性に門戸を開かせたのは誰か。花火職人の世界も同様である。

パラダイムシフトということに関して、私が「時代の気分」と称している現象の主役は、常に彼女たちであった。それは、今も加速をつけて進行中である。

KMに限らず、「ゆとり」は反撃を始めようとしている。そして私は、この反撃に全く勝算を見出すことはできないが、秘《ひそ》かに期待しているのだ。

ひょっとしたら、この子たちは、私たち旧時代人が思いもつかない手法で、考えもしなかった切り口で、行き場を失っている平成日本の一部でも修復して変えてしまうかも知れない。いや、そうであって欲しい。

そのために足りない知力は、可能な限り注入してやろうと考えている。

久しぶりに何やら胸にぽっと明るくなるものを感じていたら、私のデスクのパソコンのモニ

ターが阿波踊りの有名連の前列を踊る美女の写真になっていることを見つけたＫＭは、

「ったくもう、相変わらず女が好きなんだからぁ！」

と、非難するような大声を上げて部屋を出ていった。

## 5 「平成四十男」が国を滅ぼす？

悪名《あくみょう》高き「ゆとり世代」が、多少なりとも知力をつけて「片づけ世代」としてこの社会の混乱を整理し、親世代が壊してしまった一つの文化社会が備えている佇《たたず》まいというものを修復することができるのだろうか。

何せ「片づけ世代」は、女性である。前節で「ゆとり」の男は別の生き物であると決めつけたが、実際のところ彼らは知力、体力共に常人の域を超えて劣っている者が多く、世の中、つまり、自分が生きていく環境に対する「気づき」という神経が未発達のまま社会へ出てきている。

そんな彼らが〝世直し〟の戦力になるはずもなく、やはり女性だけで、或いは、女性が圧倒的なリーダーシップを発揮して片づけ作業に乗り出すことになるに違いない。

実に心もとない状況のように映るが、それでも私は希望を捨ててはいない。何せこの国は、天照大神《てらすおおみかみ》の例を出すまでもなく、また卑弥呼《ひみこ》を引き合いに出すまでもなく、女性が創り、女性によって成り立ってきた国なのだ。

その前に「平成四十男」と総称している男たちが、既に緩んでいる共同体のタガを根こそぎ抜いてしまって、この社会を根底から破滅させてしまわないか、その方が心配である。

この夏、NHKが、NHKらしからぬタイトルの番組を放映した。例によって突っ込みは甘いのだが、私はNHKにしては的を射たその番組タイトルに驚いたのである。

日頃私は、新聞のラテ欄をみて見当をつけて特定の番組を視るという習慣はなく、また、毎週必ず視るという番組もなく、上の仕事部屋からリビングへ降りてきたら、時計代わりについているテレビが何やら気になることを言っていて、ふと〝立ち止まる〟といった感じで視聴することが多い。従って、テレビ番組のタイトルというものを殆ど知らない。それが、地上波かBSかさえ余り気にしたこともなく、面白いと感じたこともないお笑い芸人が出ていたら、それは地上波であろうと判別するといった具合である。

その番組は、ソファーで夕食をとっていたら目の前のテレビで突然始まったものだが、そのタイトルに興味を惹《ひ》かれて何となく殆ど最後まで視てしまったのである。

確か、「四十代ひとり暮らしが日本を滅ぼす」……そんな、多少刺激的なタイトルであったと思う。

日頃「ユーミン世代」や「団塊ジュニア」を乱暴にひっくるめて、特に男性に「平成四十男」というレッテルを貼って、その驚異的な不甲斐なさをあれこれ責め立てている私としては、我が意を得たりという気がしたのだが、ＮＨＫは男女を区分せずに「ひとり暮らし」という絞り込みを行ったのである。こういう絞り込み方は、その属性の特性を浮き彫りにし易いことは明白で、番組作りとしては下手ではない。

曰く、この度ＮＨＫは「問題解決型ＡＩ」を開発したというのだ。それによって人口動態及びその影響を解析したところ、「四十代ひとり暮らし」の存在が、今の社会を特徴づける「要因」として浮かび上がったというのだ。

使用したデータの規模について「七百万」という数字が今も記憶に残っているのだが、この数字についての解説が殆ど為されず、この点について若干不安が残っていることをお断りしておきたい。おそらく「七百万種類」とも言うべき「種類」の規模のことではないだろうか。

人口や「ひとり暮らし」という世帯特性のことをテーマとしているからには、国勢調査や住民基本台帳データを使っているはずであり、特定の食品の消費の増減にも言及していたところをみると、家計調査年報、或いは月報の素データを使っていることもほぼ確実である。

例えば、家計調査年報によって何らかの商品の消費支出の増減をみるとすれば、少なくとも二時点の調査データが必要となる。家計調査という調査は、食品だけでも、豆腐、餃子、納豆、或いは、紅茶、チョコレートといった具合に細かく単品毎《ごと》に消費額を押さえるので、これを二時点も集めれば素データの数だけでも悠《ゆう》に「七百万」は超えるものと思われる。従って、これはどう考えても「種類」の数に違いなく、ある年の家計調査年報を一種類とカウントしたのではないだろうか。

この数字にこだわるのは、この番組では「相関係数」を弾《はじ》き出してものを言っていると思われるところがあり、そうなると七百万個程度のデータではどうしようもないのである。余りにも少な過ぎて、これによって「四十代ひとり暮らし」があるだこうだと言ったとすれば、非常に危険なことになる。

分析手法やプロセスのことについて、これ以上悩むことはやめよう。統計の専門家でもない私には、よく分からない。NHKが新しく開発した「問題解決型AI」であると言うからには、従来の因子分析などとは全く異なった、画期的な解析手法を編み出したに違いない。こういう時は、人は素直であらねばならない。

確かに番組では、素直に聞かざるを得ないような、興味ある分析結果が紹介されていた。

四十代のひとり暮らしが増えると、例えば、自殺者が増えるというのだ。これは、両者に「相関関係」が認められるというもので、両者の間に「因果関係」があるということではない。

四十代のひとり暮らしが増えるという現象と自殺者が増えるという現象が、いってみれば同時並行に顕《あらわ》れるということで、四十代ひとり暮らしが増えたから自殺者が増えると言っているのではない。

このあたりのことは番組でも説明していたが、うまく伝わっているのだろうか。

また、自殺者だけなく「餓死者」も増えるという。これも、因果関係があるということではない。

四十代ひとり暮らしが増えるという社会は、斯様《かよう》にネガティブな現象が増加する社会なのだ。NHKのAIがそういう解を導き出したのだ。

その他、四十代ひとり暮らしが増えると、空き家が増え、生活保護費が増えるという。面白いところでは、バナナの消費が増える。

自殺者、餓死者の増加、空き家、生活保護費の増加……これらは、これからの日本社会が抱えるであろう社会問題として、既に認識されている。それが、四十代ひとり暮らしが増えるという状況で、同じフィールドで顕著になるのだ。ということは、四十代ひとり暮らしが何かのカギを握っているのかも知れないという話になってくるのだ。

それぞれの現象と四十代ひとり暮らしが増えることの間に因果関係があるというのなら、四十代ひとり暮らしを減らせばいいということになるが、そういうことではない。認められるのは相関関係であって、因果関係ではないのである。

うーんと唸《うな》ってしまう。難しい。

バナナの消費が増えるというのは、どういうことか。

私は、これは何となく分かる気がするのだ。私も、四十代ではなく高齢者ではあるが、ひとり暮らしである。ひとり暮らしとバナナ。実は、これは密接に関係しているのである。体調が悪い時、物理的に面倒な時など、しかし、何か食糧となるものを買っておかなければと感じた時、コンビニで何を買うか。バナナである。日頃、何も問題のない日にバナナは買わない。飲み屋のひとり暮らしの女の子に聞いても、同様であった。バナナは、ひとり暮らしという要因と結びついているのであって、年代は無関係、というのが私の実感である。

そういえば、東京都の四十代男性の未婚率は、数年前に40パーセントを突破した。彼らは、いい歳して実家暮らしもいれば、ひとり暮らしもいる。しかし、四十代男性の未婚率が、私の四十代の頃に比べれば驚異的に高くなっていることも、NHKの問題提起とどこかで繋がっていそうな気がする。

近年、女性の「おひとり様」は華やかに脚光を浴びている感がある。これは、四十代に限った話ではなく、若年女性の行動パターンの一つとして、すっかり市民権を得ていると言っていいだろう。男の「おひとり様」は生き辛くなっているが、女性の「おひとり様」は堂々と威張っている感じすら受けるのである。

余談になるが、温泉宿に泊まる場合、かつては女性ひとりというケースは敬遠された。しかし、昨今は逆である。「男ひとり」というケースの予約は、まず受けてくれない。女性の「おひとり様」は温泉が楽しめるというのに、「男ひとり」はダメなのだ。理由は、かつて女性ひとりが敬遠されたそれと同じである。男もそこまで弱くなったかと、情けない限りである。

私は温泉が好きであるが、今後温泉を楽しみたいというひとり暮らしの男は、「温泉旅行用」の女性を用意しておく必要がありそうだ。温泉宿は、その男が、不倫であれ浮気であれ何であれ、女性さえ同伴していれば安心するのである。これこそ性差別であろうと思うのだが、受けないものは受けないのだ。

尤も、版元が絡んで、温泉宿に缶詰めにしてしまえというケースは別である。私にはもう、心から純粋に温泉を楽しむという機会は訪れないのだろうか。

そのことはさておき、私は「平成四十男」の不甲斐なさ、無責任さ、知力の欠落を日頃から嘆き、怒っている。この時、私の言う「平成四十男」とは、既婚者も同列に対象としている。むしろ、何でもカミさんの言う通りにしか動かない既婚者の方が、問題点が分かり易いのだ。

今も、私からパワハラを受けたという「平成四十男」との間でトラブルが発生中であるが、出張の日程さえカミさんの意向通りに設定するその男は、日頃から必要な報告にも現れず、月に何度顔を合わすことがあるか、直ぐ数えられるという状況で、私はどうやってパワハラとやらを実行することができるのか、不思議といえば不思議である。知人の弁護士に言わせれば、昨今は、「労働者」＋「うつ病」の組み合わせがあれば、どんなに「労働者」に非があっても労働争議では「労働者」が勝つ時代である。大概の雇用主、企業は、面倒だからとして金で解決してしまう。これが定着して、問題のある「労働者」が直ぐ弁護士に相談するというケースは、極めて普通のことになっているという。

私は、具体的な事実の積み重ねを以て「平成四十男」が国を滅ぼすと喚いているが、NHKは「四十代ひとり暮らし」が日本を滅ぼすのではないかと、AIまで動員して問題提起を行った。一見、似たような二つのテーマが、実は決定的な違いを抱えていることは理解しているが、墓場まであと何里？　と問う私には、残念ながらこの結末をこの目で確かめる日が存在しないのだ。

私には、「平成四十男」でも信頼できる知人も多い。彼らとこの話を肴《さかな》にして飲んでいたら、その四十男が言った。

「平成七十代ひとり暮らしは、幼い頃からバナナも食えなかったからひがみっぽいんですよ」

あと五～六年もすれば、更に気温は上がり、東京でもバナナが栽培できるだろう。この美しい島国に暮らしていて、バナナはいつまでも高価な果物であっていいのだ。それを解せぬこういう男と飲んでいても、この種の問題はいつもあやふやに終わってしまうのである。

## 6　江戸の災害に学ぶ　其の一

江戸期の人口や人口問題を考える上で大きな貢献をしたのは「歴史人口学」である。

　伊豆長浜村に勘助《かんすけ》という若い百姓がいた。物語ではない。実際にいたのである。幕末の弘化四（1847）年、数え二十四歳という若さで、草津温泉で死去した。彼は、癩病《らいびょう》、今で言うハンセン病を患っていた。

この勘助の家族構成が判《わか》っている。母きみ五十七歳、兄嘉七三十九歳、嘉七の妻こう三十一歳、嘉七夫婦の娘りん三歳、勘助の姉ちま三十三歳、つまり、勘助を含めて六人家族であった。こういうことを解明したのが、歴史人口学である。驚異的な成果と言うべきではないか。

この学問は、もっとも新しい学問領域の一つと言っていい。戦後、急速な進展を示した社会科学の一領域なのだ。我が国では、速水融《はやみあきら》氏がその草分け的存在であり、鬼頭宏《きとうひろし》氏や浜野潔氏といった研究者が、これによって江戸期の人口や人口からみた社会構造について貴重な成果を挙げている。この成果がなければ、私は『三流の維新　一流の江戸』を書くことはできなかった。

この学問の発祥はヨーロッパであるが、ヨーロッパで国勢調査が始まるのは、ごく一部の国で十八世紀末、殆どの国では十九世紀のナポレオン時代以降である。従って、歴史学者もそれ以前の人口に関する指標は得られないものだと考えていた。

ところが、戦後間もない1950年代、フランス国立人口研究所のルイ・アンリが、キリスト教会には必ず備えつけられている「教区簿冊《ぼさつ》」を使用した画期的な手法を開発した。それが「家族復元法」である。

教区簿冊には、信者の洗礼、結婚、葬儀（埋葬）というヨーロッパ人の人生の三大イベントに関する記録が、男女個人別に記載されている。例えば、洗礼記録には生まれて間もない子供の名前や両親の名前も記載されている。これを夫婦単位にまとめると、出産に至る状況が分かる。更に、遡《さかのぼ》ると両親の生まれた年をつきとめることもできる。埋葬記録からは、家族一人ひとりの死亡年月が判明する。

このようにしてアンリは、家族を復元していったのである。これを集合させると、信者の結婚年齢や出生率《しゅっしょうりつ》、乳幼児死亡率などの人口指標が計算できるのだ。これによって、フランスでは教区簿冊さえ残っていれば十七世紀半ば以降の小さな人口集団の人口動態を浮き彫りにすることができたのである。イギリスでは、1538年にヘンリー八世が教区簿冊を揃えるよう勅令を出しているので、十六世紀半ばまで遡ることができるのだ。

アンリの「家族復元法」は、個人のライフヒストリーを明らかにすることが可能になったという点で画期的な手法であった。これを留学先から日本へもち帰ったのが、速水融氏であり、それは前の東京オリンピック開催直前のことであった。つまり、日本とヨーロッパに大きな差はないが、歴史人口学とはこの半世紀で急速に発展して驚くべき成果を挙げた新しい学門ジャンルなのだ。これによって、それまでせいぜい出生率、死亡率、結婚年齢程度までしか把握できていなかった江戸期日本の人口に関する指標が、比較すべくもないほど幅広く、深く、「人口動態」といってもいいほど分厚く理解できるようになったのである。

しかし、発端の史料となった教区簿冊は、日本には存在しない。手法というものには普遍性はあるが、その手法が使える素材がなければ手法は有効にはならない。

ところが、江戸期日本には、皮肉にも教区簿冊を生んだキリスト教を禁止する目的で作成が始まった「宗門改帳《しゅうもんあらためちょう》」や、「人別改帳《にんべつあらためちょう》」と合体した「宗門人別改帳」といった史料となる記録が、教区簿冊の比ではない緻密な内容を含んで存在した。

日本人は、明治維新時の西欧崇拝が浸み込み、キリスト教というものに麗《うるわ》しいイメージをもっているが、戦国末期に来日したポルトガル、スペインの宣教師たちは、九州各地で激しい仏教弾圧を繰り広げた。この事実は、戦国期から江戸期の歴史を考える上で、肝に銘じておいた方がいい。

キリシタン大名の領内では、キリスト教への強制改宗も行われたのである。キリスト教も所詮一元主義思想であって、キリスト教のみが正義で他は邪宗と考えるところは、今も根っこのところで全く変わっていない。

戦国期の戦場で生け捕りにされた日本人を南方へ売り捌《さば》いたのも、主にポルトガル商人であった。そして、宣教師たちの元締めともいうべきイエズス会が、一時はこれを、輸出許可証を出して公認していたのである。南方へ売られた日本人は、およそ十万人とみられている。

これに怒った秀吉は、天正十五（1587）年、「伴天連《ばてれん》追放令」を発令する。その第十条が「人身売買停止令《ちょうじれい》」であった。つまり、切支丹《きりしたん》の取り締まりと人身売買の禁止は不可分のテーマであったのだ。そして、伴天連追放というとかなり厳しい禁令のように感じられるが、秀吉の「伴天連追放令」とは現実にはかなり柔らかいのだ。長崎を勝手にイエズス会領とすることや、それまで行われていた集団改宗を強制すること、神社仏閣を破壊することはさすがに禁止したが、大名の改宗を許可制にしたり、庶民に至っては自由であったりと、追放令というより、今流にいえば一部「信教の自由」を保証したような部分もあり、かなりソフトであった。

日本侵略の尖兵《せんぺい》であった宣教師たちは、二十日以内の国外退去を命じられたが、彼らはそれに従わず、仏教弾圧は停止したものの平戸に集結し、秀吉もこれを黙認した。秀吉の立場に立てば、南蛮貿易がもたらす利益を無視することはできず、宣教師たちもこの点を見透かしていたのであろう。

秀吉の伴天連に対する態度が硬化したのは、文禄五（1596）年に発生した「サン・フェリペ号事件」からであって、ひと言で迫害、迫害と言うが、これも明治の文明開化以降の〝何でも西洋〟主義者の表現に過ぎないのだ。

勿論、秀吉時代全期を通じて全く迫害がなかったと言っているのではない。

徳川家康も秀吉の路線を踏襲し、当初は〝穏やかな禁教〟政策を採っていたが、慶長十四（1609）年、切支丹大名有馬晴信と切支丹目付岡本大八の収賄事件（岡本大八事件）が発覚し、これ以降幕府は順次取り締まりを強化していく。なお、キリスト教禁止令という名称の包括した一本の法令はどこにも存在しない。

その過程で生まれたのが「宗門改帳」である。つまり、村や町を単位に「宗門改」と言われる信仰調査が行われ、その報告書である「宗門改帳」が領主に提出されるようになった。簡略に言えば、檀家《だんか》個々について切支丹でないことを寺が保障するのだ。作成そのものは、庄屋や名主が行った。

ところが、我が国では秀吉の時代から領民に夫役を課す必要性から、領民の年齢や家族構成を調査することが行われており、これを「人別改」と呼び、これも江戸期に引き継がれていた。切支丹摘発は十七世紀末になると激減しており、「人別改帳」に宗旨を書き加えれば事足りるようになっていき、両方が合体した「宗門人別改帳」を作る藩が多くなったというわけである。結果的に、我が国江戸期の「宗門人別改帳」は、今の戸籍謄本や租税台帳の要素を強くもつものとなり、藩の行政にとって欠かせない原簿となっていったのである。「宗門改帳」のみでも、作成したのが庄屋や名主であり、戦国期の村請《むらうけ》制度の伝統もあって本来の報告事項以外の細かい補足情報が朱書きで書き込まれたものが多かったようだ。それは、ヨーロッパの教区簿冊などより遥かに豊富な人口に関する情報を含んだ史料となって、歴史人口学の地位を向上させると共に、江戸期社会の実相を生々しく浮かび上がらせてくれたのである。

即ち、秀吉以来の対切支丹政策は、いってみれば我が国の「安全保障」上の要請から生まれた側面があり、日本人の排外主義が生んだものとするようなこれまでの認識は誤りである。他の書き物にも整理したが、この延長線上に江戸期の「鎖国」と呼ばれる対外政策があるのだ。尤も、江戸期に「鎖国」を行っていたなどという史実は存在しない。

いずれにしても、キリスト教社会の「教区簿冊」が歴史人口学の素《もと》となった「家族復元」という学問的手法を生み、その手法が、侵略性をもつキリスト教の侵入を防ぐ目的で生まれた「宗門人別改帳」を発生させ、これが日本における歴史人口学を飛躍的に発展させたというわけである。

そして、この研究の一つの成果として、伊豆長浜村の勘助の家族構成まで判明するといったことが普通になったのである。

勿論、こういう成果が散発的なものであっては、そもそも成果とは言えないであろう。

ところが、研究者は「宗門人別改帳」の控えを各地で次々と発見し、江戸期の多くの村落についてその人口動態を明らかにしてくれた。

例えば、新撰組の土方歳三《ひじかたとしぞう》は少年期に奉公に出ていたとされてきたが、彼の生地武蔵国日野宿石田村の「宗門人別改帳」が幸いにも存在し、これを追えば、土方が何歳まで奉公に出ていたかということも、かなり高い精度で明白になるのだ。私は、この研究成果のお蔭もあって『官《かん》賊《ぞく》に恭順《きょうじゅん》せず 新撰組土方歳三という生き方』（ＫＡＤＯＫＡＷＡ）をまとめることができたのである。

かくして、幕府、藩による人口調査も加えて、江戸期の人口や人口動態に関しては、私たちはかなり詳しい情報を得ることができるのである。明治近代政権によって江戸社会は完全に否定されて、土中深く埋め去られてしまったが、これを掘り起こすと驚くべき高度な文明社会が姿を現す。それを可能にした一つの武器が歴史人口学であったことは、間違いないことである。

そこで私は、ふと考えてしまうのだ。

歴史人口学が多大な成果を挙げたとすれば、「歴史災害学」なるものがなぜ成立しないのかと。

そのように呼んでもいい研究がないではない。しかし、それは歴史人口学が確固としたポジションを得ているのと同じように、「歴史災害学」として確立しているとは言い難いと思われる。災害については、確かに「宗門人別改帳」のような、幕藩体制の全国的な共通性を備えた史料が存在するわけではない。災害の殆どが天変地異《てんぺんちい》である以上、それは仕方がない。しかし、記録がないわけではない。いや、むしろ江戸人は災害についても、豊富な記録を残してくれているると言えるのではないか。

例えば、江戸人或いはそれ以前の先人の残してくれた記録を明治の中頃にまとめた『日本災《さい》異志《いし》』という書物がある。これによれば、推古天皇の時代、西暦で言えば七世紀（600年代）から江戸の終わりまでの、飢饉《ききん》、干ばつ、洪水、火災、噴火、地震、津波など、大体の種類の災害の発生件数は把握できるのだ。

勿論、時代が下るに従って記録は増える。従って、どの時代にどういう災害が多かったということは、理論的に正確に断定することは難しいだろう。しかし、おおよその傾向は分かるのだ。

実は、地震は、古代、中世が圧倒的に多かった。九世紀の百年間（延暦二十年〜昌泰三年）だけで記録に残されている地震は、約五百件も存在する。これに対して江戸期を含む三百年間（慶長六年〜明治二年）に発生した地震は、百四十二回であった。

江戸期の災害と言えば、私たちは飢饉というイメージをもっている。江戸期には、確かに三大飢饉と言われるような深刻な飢饉が発生した。しかし、これも、記録が多くなる江戸期より八世紀、九世紀の方が遥かに多いのである。

江戸期に多くなった災害は、火山の噴火、津波、火災、そして、大風、洪水である。これに地震を加えると、私には、災害発生の状況がどこか平成の今に似ているような気がするのだ。

今年、平成二十九（2017）年という年にどれほど水害が発生したか、私たちの記憶にまだ新しいが、それは「異常気象」という域を超えているのではないかと思われる。

また、2000年（平成十二年）以降に発生したM6・0以上の地震は、何と八十九回を数えるのだ。事ある毎に「風化させないでおこう」「語り継ごう」としきりに言うが、これだけ多いとそれも努力の要ることである。

主だった地震を列記してみるが、果たして幾つ覚えているか、私自身も覚束《おぼつか》ない。

| | | | |
|---|---|---|---|
| ◆2000年 | 1月28日 | 根室半島南東沖 | M7・0 |
| | 10月6日 | 鳥取県西部地震 | M7・3 |
| ◆2001年 | 3月24日 | 芸予地震 | M6・7 |
| ◆2002年 | 11月3日 | 宮城県沖 | M6・3 |
| ◆2003年 | 5月26日 | 宮城県沖 | M7・1 |

9月26日　十勝沖地震　M8.0

◆2004年

9月5日　東海道沖　M7.4

10月23日　新潟県中越地震　M6.8

11月29日　釧路沖　M7.1

◆2005年

3月20日　福岡県西方沖　M7.0

8月16日　宮城県沖　M7.2

◆2006年

6月12日　大分県西部　M6.2

◆2007年

3月25日　能登半島地震　M6.9

7月16日　新潟県中越沖地震　M6.8

◆2008年

5月8日　茨城県沖　M7.0

6月14日　岩手宮城内陸地震　M7.2

9月11日　十勝沖　M7.0

◆2009年

8月11日　駿河湾　M6.5

◆2010年

2月27日　沖縄本島近海　M7.2

◆2011年

3月9日　三陸沖　M7.3

3月11日　東北地方太平洋沖地震　M9.0

3月11日　茨城県沖　M7・4
4月7日　宮城県沖　M7・2
4月11日　福島県浜通り　M7・0
12月7日　三陸沖　M7・3
◆2012年　10月26日　福島県沖　M7・1
◆2013年　7月12日　福島県沖　M7・0
◆2014年　5月30日　小笠原諸島西方沖　M8・1
◆2015年　4月16日　熊本地震　M7・3
◆2016年　11月22日　福島県沖　M7・4

このように列記してみると、災害の記憶を風化させないということが、如何《いか》に難しいことかが分かるだろう。

平成二十三（2011）年の3・11大地震と大津波は、二万人を超える死者を出したことと原発事故が重なったこともあって、今後も永く記憶されるだろうが、これは八百年～千年に一度という例外的な大地震・大津波であったと言われる。

西暦2000年以前に遡ると、平成七（1995）年、阪神淡路大震災があった。M7・3、死者は六千四百人を超えた。

私たちは、自然災害から逃れることはできない。そして、これまで自然科学は、地震を予知することに情熱とエネルギーを傾けてきたが、今年になって地震予知の専門家は遂にこの基本姿勢を放棄し、地震の予知は完全にはできないという大前提に立って、それに対する対応を研究するという風に、考え方を大転換したのである。

今さら、と言うべきであろう。西欧価値観を絶対視してきたこの社会は、科学を過信してきたと言っていい。日本列島に生きる私たちは、これまでの時代に同じような地震や津波、その他の自然災害を繰り返し、繰り返し経験してきたことを忘れてはいけない。

地震や津波を理解するには、確かに自然科学の研究成果は有用である。しかし、それのみを偏重してきたということはなかったか。「災害の歴史」というものに、目を注いできたか。その意識が強くあったならば、「歴史人口学」には及ばないとしても、「歴史災害学」と言ってもいい知見が成立し、災害対応に大きな役割を果たしたのではないか。

記録の多い江戸期の事例だけでも、私たちはどこまでその経験を継承しているのか。殆ど無知に近いと言ってもいいだろう。

地震・津波・噴火に限っても、江戸期は多くの被災経験をもっているのだ。以下は、その一部である。

◆仙台地震（元和二年１６１６）　Ｍ７・０
◆渡島《おしま》駒ヶ岳噴火・津波（寛永十七年１６４０）
◆武州大地震（慶安二年１６４９）　Ｍ７・０
◆近江大地震（寛文二年１６６２）　Ｍ７・６
◆陸中地震・津波（延宝五年１６７７）　Ｍ８・０
◆房総沖地震・津波（同）　Ｍ８・０
◆日光地震（天和三年１６８３）　Ｍ７・０
◆三河遠江地震（貞享三年１６８６）　Ｍ７・０
◆元禄関東大震災（元禄十六年１７０３）　Ｍ７・９〜８・２
死者１０３６７、家屋全壊２２４２４
◆宝永大地震・津波（宝永四年１７０７）　Ｍ８・６　南海トラフプレート地震
死者５０４５、家屋全壊５６３０４、流失１９６６１
◆宝永富士山大噴火（同）　十日間続く
◆蝦夷大島津波（寛保元年１７４１）　蝦夷大島噴火、津波によって松前で１５００溺死
◆越後高田大地震（寛延四年１７５１）Ｍ７・０〜７・４
◆石垣島地震・津波（明和八年１７７１）石垣島で死者８４３９

◆浅間山大噴火（天明三年１７８３）
四月九日から丸三ヶ月噴火が続く、関東一円に降灰、火砕流が吾妻郡鎌原《かんばら》村直撃４７７死亡、我妻山で山津波発生約２５００死亡、土砂で利根川洪水、前橋で約１５００死亡、噴煙が煙霧となってヨーロッパを覆う
◆青ヶ島噴火（天明五年１７８５）
死者１４０、八丈島へ全島避難、帰還が実現したのは約五十年後の天保六（１８３５）年
◆雲仙普賢岳《ふげんだけ》噴火・津波（寛政三年１７９１）
島原前山崩落、山は百五十メートル低くなり、海岸線が八百メートル前進、津波が有明海を三往復（島原大変肥後迷惑）、津波による死者１５１３５
◆三陸磐城地震・津波（寛政五年１７９３）M８・０〜８・４　死者44、全壊流失１７３０
◆象潟《きさかた》地震（文化元年１８０４）M７・０
酒田で液状化・地割れ、井戸水噴出、死者３００以上、全壊５０００以上
◆近江地震（文政二年１８１９）M７・０〜７・５　近江八幡・膳所《ぜぜ》で死者95
◆越後三条地震（文政十一年１８２８）M６・９
液状化で１２８００倒壊、死者１６００強、三条で火災、消失１０００以上
◆庄内沖地震・津波（天保四年１８３３）M７・５

津波波高庄内8m、佐渡5m、隠岐2・6m、死者100

◆善光寺地震（弘化四年1847）M7・4

浅い活断層地震、本尊開帳参詣者1029死亡、被害は飯山藩・松代藩など広域にわたり

死者総計8000以上

◆小田原地震（嘉永六年1853）M6・7

ペリー来航の四ヶ月前、箱根山中で東海道崩落、三日間通行止め

◆伊賀上野地震（嘉永七年1854）M7・0〜7・5

日米和親条約締結直後、伊勢・近江中心に東海から北陸〜四国まで被害、死者1308

◆安政東海南海地震（同五ヶ月後）M8・4

震源域紀伊水道〜四国沖、駿河トラフ・南海トラフが連動した巨大プレート境界地震

関東〜九州大津波、熊野・四国・豊後《ぶんご》水道で10m超、伊豆下田でロシア鑑ディアナ号被災、

宝永大地震・津波の教訓が生かされた大地震

◆安政江戸地震（安政二年1855）M7・0〜7・1

元禄大地震以来の「首都直下型地震」、下町の被害甚大、下町だけで倒壊1万4346、

死者約10000、吉原全焼、遊女・客約1000死亡

◆八戸沖地震（安政三年1856）M7・5

◆芸予地震（安政四年1857）M7・0
◆飛越地震（安政五年1858）M7・0〜7・1
跡津川《あとつがわ》活断層地震、死者302
◆信濃大町地震（同　二週間後）M6・0
飛越地震の堰止湖《せきとめこ》決壊、富山平野大洪水、140以上溺死

全くうんざりするような列挙となった。繰り返すが、これは一部である。注目すべきことは、平成も終わろうとする今、私たちが懸念している型の地震や津波がすべて含まれているということだ。東南海トラフの合体地震、首都直下型地震、大規模津波、活断層地震、地震後の火災や山崩れ、堰止湖の決壊による大洪水等々、私たちは経験しているのである。それも、江戸期というごくごく近い過去に。

長州近代政権は、江戸という時代の仕組み、出来事だけでなく価値観まで全否定し、土の中に埋めてしまった。災害の記録、記憶も埋められてしまった。

私が、事あるごとに「江戸は掘り返さなければならない」と言っているのは、災害対応についても、江戸の経験が生きると考えているからである。

東日本大震災を受けて、津波を防ぐ大堤防の建造が計画されているようだ。江戸期にも三陸

は、何度も津波に襲われた。江戸の技術があれば、材料は異なっても大堤防は造れる。しかし、江戸人は造らなかった。

どちらが正しいという問題ではない。どこまでを視野に入れて対策を講じるか、その社会的コンセンサスの問題であろう。

大堤防を造れば、沿岸の海は死ぬ。生態系そのものが死滅する。しかし、堤防の高さ以下の波高の津波は防げるだろう。

さて、私たちはどう対応するのがベターなのか。誰がリーダーシップをとって、これを考えるのか。

いずれにしても、災害に対する対応も多くを先人の経験に学ぶことができるのである。

## 7　江戸の災害に学ぶ　其の二

江戸期に発生した主な地震・噴火を一覧していて、気になることが甦ってきた。

徳川家康が征夷大将軍に任じられたのは慶長八（1603）年である。私たちは、ここから下って、薩摩・長州がクーデターによって政権を奪取するまでを江戸時代と呼んでいる。

この、豊臣から徳川への政権交代期にも気になる大地震が発生しているのだ。天正二十（1592）年、秀吉による朝鮮出兵が開始された。そして、文禄五（1596）年六月二十七日、和議の交渉を目的として明の使節が来日したが、その直後の閏《うるう》七月十二日、別府湾を震源とする豊後地震（M7・0）が発生した。津波によって別府村は水没、これによって別府村は、その後元の位置から西の方へ移転することになる。現在の湯の町別府は、西へ移転した地で成立、発展したものである。

この豊後地震の翌日閏七月十三日の深夜、伏見地震（M7・5）が発生した。伏見は、この時点で我が国の首都と言っていい、政治の中心地であった。新築成ったと言ってもいい伏見城が倒壊、方広寺の大仏も崩壊した。

問題は、この地震が有馬・高槻《たかつき》構造線と呼ばれる活断層によって引き起こされた地震であったことだ。この活断層の南の延長線上にも活断層がある。野島断層である。この野島断層が、平成七（1995）年の阪神淡路大震災の起震断層となったのである。

伏見と淡路は、即ち、有馬・高槻構造線と野島断層は、地震学の立場からみれば至近距離である。二つの地震の間隔は、三百九十九年。果たして、両者に何らかの関連はあるのだろうか。

それを言えば、日本中の活断層はすべて繋がっているも同然と言えるかも知れない。私は、こういう視点で、歴史災害学と地震学の融合が成らないものかと考えているのだ。

また、家康の将軍二年目の慶長九（1604）年十二月十六日、東海・南海地震が発生している。駿河沖～紀伊水道沖を震源域とする大規模な津波地震である。房総半島から九州南部に至るまでの沿岸が津波に襲われ、阿波鞆浦では、その高さが十丈（三十メートル）に達したという記録がある。浜名湖畔舞坂宿では百軒中八十軒が流失している。

この型の地震こそ、今私たちが恐れている代表的な大地震「東南海地震」ではないか。

前節で挙げた「宝永大地震・津波」（宝永四年1707、M8・6）、「安政東海南海地震」（嘉永七年1854、M8・4）も、この型ではないだろうか。「宝永大地震」は、南海トラフ地震であるが、「安政東海南海地震」は、文字通り駿河トラフと南海トラフが連動した巨大プレート地震であった。

慶長九年の「東海南海地震」から百三年後に「宝永大地震」、二百五十年後に「安政東海南海地震」が発生している。「安政東海南海地震」の二百五十年後は、2104年である。

地震が等間隔で起きるということはないだろうが、この三つの巨大地震が無関係であるとは、到底思えない。現実に、「安政東海南海地震」の際、人びとが真っ先に思い出したのが、「宝永大地震」であった。

また、平成三（1991）年、人的被害を出す火砕流が発生した雲仙普賢岳は、江戸期に三度大きな噴火を起こしている。毎度、土石流を伴うなどのパターンは、変わらないと観察できる。

そして、残念ながら三陸沖の地震は、歴史の時間軸の上では絶え間がない。また必ず発生すると考えておくべきであろう。

異常な豪雨災害に見舞われた今年、平成二十九（２０１７）年夏、東北にはヤマセが押し寄せた。これが江戸期であったなら、東北は確実に冷害に襲われ、飢饉となっていたはずである。

江戸期の自然災害は、地震や津波だけでなく、飢饉も人びとを苦しめた。

江戸期の飢饉について、四大飢饉という呼称がある。「寛永の大飢饉」「享保の大飢饉」「天明の大飢饉」、そして、「天保の大飢饉」の四つである。三大飢饉という言い方もあるが、この場合は、「享保の大飢饉」以下の三つを指す。

飢饉とは、凶作の結果である。そして、凶作は、冷害、干ばつ、洪水などによって発生する。つまり、飢饉とは、異常気象によって引き起こされるものである。

例えば、「享保の大飢饉」の場合。

年号暗記を重視する学校の歴史教育式に言えば、「享保の大飢饉」は享保十七（１７３２）年に起きた、ということになる。しかし、現実にはそれ以前、具体的には享保十年代に入った頃から異常な気象が続いていたのである。気温が上がらず、大雨、洪水が頻発、年によっては一転して気温が低いまま干ばつになるといった状況であったのだ。

享保十七年は、五月から長雨が続き、九州で洪水が頻発、その後一転して干ばつとなる。しかし、気温は低いまま。

六月になると、ウンカが大量発生。七月半ばになると、九州・四国で稲が枯れ始めた。牛馬も疫病に斃《たお》れ、狂犬病が流行《はや》った。

被害の中心地は、九州・中国・四国であり、畿内や関東の被害は軽微であったと言うが、畿内の作柄は例年の六割に過ぎなかったというから、軽微とは言い難い。

西国が飢饉に見舞われると、西国から大坂への「登米《のぼりまい》」が大幅に減少し、逆に、「公儀」主導の、或いは民間の救済運動として西国への「廻米《かいまい》」が行われる。幕府は、東国諸藩に対しても西国への廻米を指示している。その結果、江戸や大坂といった都市部で米不足が深刻になるのである。

江戸の米価は急騰し、江戸市民に食糧不足が伝播、翌享保十八（1733）年の一月には米の買い占めを行っていた高間伝兵衛が打ち壊しに遭った。

江戸社会も享保年間ともなれば、商品経済の流通ネットワークが成立している。西国の飢饉は、西国だけの被害に留《とど》まらないのである。

この飢饉による餓死者は、判明しているところでは藩別にみると、以下の通りである。

| | |
|---|---|
| 広島藩 | 976（人） |
| 今治藩 | 113 |
| 松山藩 | 5705 |
| 福岡藩 | 1000 |
| 久留米藩 | 207 |
| 柳川藩 | 878 |
| 佐賀藩 | 12 |
| 平戸藩 | 123 |
| 福江藩 | 352 |
| 小倉藩 | 1013 |
| 中津藩 | 780 |

ここには、天領（幕府領）の数字は入っていない。勘定所の幕僚であり、狂歌師としても知られる大田南畝《なんぽ》は、餓死者を約三十万人と見積もっている。

江戸の大飢饉とは、こういう規模であったのだ。

このような大飢饉に対して、幕府は「公儀」として救済措置をさまざまに講じている。早速八月には「夫食米《ふじきまい》」の貸与を開始、十月からは大坂の御蔵に貯蔵していた「痛米《いたみまい》」（質の悪い米）や「買米」（買い上げ米）の西国への廻送を行った。その量は、三万三千石に達し、天領の代官所にも米十二万石、銀千二百貫を貸与している。

こういう時、「公儀」は天領だけを救済の対象とすることはなく、大名領に対しても救済の手を差し延べたのである。享保の大飢饉の際は、大名四十五家、旗本二十四家、寺社一社に対して総額三十四万両の「拝借金」を貸与している。返済は二年後から五カ年賦、無利息という条件であった。

災害の度に各藩は「拝借金」を申請することが多かったが、基本的に幕府は利息を取らない。逆に、返済が滞り、結局回収できなかったという事例は、江戸期に幾つも存在する。

このことは、幕府が自らを列島全域を統治する公権力、即ち「公儀」であるという意識を十分成熟させていた証《あかし》でもある。幕府は、家康が唱えた「天道」という概念を重視して代を重ねてきた。この列島を統治する権限は天から預かったものであるという考え方であり、もし「仁政」を行わず、「泰平」＝平和を維持できなかったら、それは忽ち取り上げられるものだという思想であり、統治のプライドと言ってもいい。

これを統治の〝現場〟へ降ろした考え方が「公儀」という概念であり、朝鮮との外交が始まり、海外との通商関係が整備され、参勤交代が制度化された頃、即ち、三代家光の治世下ではほぼ成立したものと考えられる。

徳川幕藩体制とは中央集権的な体制では全くなく、大名連合とも言うべき武家の連合体であるが、そのリーダーである徳川家は、大名＝武家の連合体である体制に、武家の「結集体」という概念を植え付け、社会的公権力としての機能を重視するようになったのである。

この連合体であったということを、私たちはよくよく理解しておかなければならない。

徳川幕藩体制においては、限定されたエリアとはいえ、その地域の統治については各大名に大幅な権限委譲が為されていた。それは、今日で言う〝地方分権〟などとは次元の異なるものであった。

以下、乱暴な表現をするが、各大名家（藩）を今日の都道府県レベルの「地方自治体」とすると、各自治体は藩札という、自領でしか通用しないとはいえ一種の「通貨」を発行する権限をもっていた。藩札を通貨とみるか否かについては、学者にさまざまな論があるが、少なくとも各自治体は通貨として発行し、その位置づけ通り流通させた側面があったことは事実である。また、軍事政権である徳川連合政権の各自治体は、その規模は別にして、それぞれが「軍事力」をもっていたことは周知の通りである。

このことは、政権の成立《なりた》ちを考えれば分かり易いことだ。例えば、大和朝廷は、簡略に言えばまず中央政権の形で成立し、順次その支配権を大和以外の地方へ拡大していった。その際、制圧される側が〝地方分権政権〟として存続することはなく、中央政権に組み込まれていったのである。

ところが、徳川政権の場合は、先に地方分権政権が存在していた。徳川政権自体が、地方分権政権の一つであったのだ。それが、政争を経てリーダーシップを確立させていったものであって、「関ヶ原の合戦」一つで覇権を確立させたものではない。各地方分権政権が徳川家をリーダーとして中央政権たることを認めたという〝形式〟を踏んだことを無視することはできないのである。こういう見方をしないと、徳川幕藩体制の理解を誤ることになるのだ。このことは、幕末の政権簒奪《さんだつ》劇、即ち、俗に言う明治維新を正しく認識できるか否かにも通じている。

リーダーとなった徳川家が、自らを列島全域を統治する「公権力」、即ち、「公儀」であるという認識を成立させたのは三代家光の時代であると述べたが、これを更に成熟した認識として確立させたのが、五代綱吉であったとみることができる。

学究肌と言ってもいい綱吉は、多分に学問に裏付けられた倫理観に突き動かされて、「公儀」の下《もと》に強く結合した社会の創出を目指したのである。

五代綱吉という将軍は、非常にアカデミックな将軍で、庶民に対しても「仁」「礼」という徳目を重んじることを求めた。余り評判は良くないが、「生類憐み令《しょうるいあわれみれい》」や「服忌令《ぶっきりょう》」などはその具体策であった。「武家諸法度《しょはっと》」でも「忠孝」を重視し、階層を超えて人びとが共通の儒教的倫理観をもつことを求めた。

綱吉は、このような精神で「公儀」の強化を図った将軍とみるべきであって、華開いた元禄文化に浮かれていただけの「犬将軍」ではない。

徳川家康から三代家光までの時代は、徳川家のポジションを確立するための改易《かいえき》が盛んに行われたが、その数は三代で外様《とざま》八十二家、親藩《しんぱん》・譜代《ふだい》四十九家に達したが、その目的を裏付けるように圧倒的に外様大名の改易が多かった。ところが、綱吉の時代には、改易と転封《てんぽう》を合わせると四十六家が処分されているが、外様が十七家に対して譜代が二十九家と逆転しているのだ。そして、その理由も家中不取締や素行が悪いなどといった領主としての資質を問題にしたものが多かったのである。不正を摘発され、処分された御料地（天領）の代官も五十一人に達する。これを通じて、善政・悪政の監視、賞罰の徹底が進み、これが直参《じきさん》の官僚化を推進し、勘定奉行の権限を強めることに繋がったのである。その後の江戸期には、映画やドラマで描かれるような〝悪代官〟は殆ど存在しなかった。

綱吉治世下では、「元禄の地方直し《じかた》」と呼ばれる検地が実施され、改易された大名領の多くが幕府領となり、旗本の知行割替えが盛んに行われ、旗本の知行地に対する権限が制限され、旗本の江戸居住が制度化された。この結果もあって、先代家綱の時代に三百万石であった幕府領は、綱吉治世下で四百万石に増加したのである。

このような、多分に倫理観に裏打ちされた「公儀」という公権力概念の強化は、国土というものは「公儀」が統治するものという観念を確立させていったのである。もし、どこの大名領にも属さない無住の土地があったとすれば、それは「公儀」のものであるという意識が鮮明になったことにも注目すべきである。

この「公儀」という権力意識が、災害対応や復興事業に果たした役割が、実は大きいのだ。それは、「公儀」としての責任感とプライドであったとみることもできる。先に述べた享保の大飢饉に対する被害者救済施策は、まさに「公儀」意識の発露でもあったのだ。

元禄十六(1703)年十一月二十三日、M7・9~8・2と推定されている元禄関東大地震が発生。相模湾~房総半島を震源域とする相模トラフ付近のプレート地震で、房総半島南端では土地が約六メートル隆起、相模湾から房総半島は十メートル強の津波に襲われた。

その記憶も生々しい宝永四(1707)年十月四日、宝永大地震が発生。今度は、南海トラフ沿いのプレート地震で、M8・6という歴史的な大地震であった。東海から九州西部までを津波が襲い、大坂では港の大船が今の日本橋辺りまで押し上げられた。

この大地震・津波から四十九日後の宝永四年十一月二十三日、富士山が大噴火する。宝永大地震とその余震が引き金になったとみられており、噴火は十日間続き、特に小田原藩は壊滅的な被害を受けた。

このような大災害の度に「公儀」は、さまざまな救済策を実施している。藩への拝借金の援助、家中御救金の貸与、村々への扶持米、貸付金の支給、被災地の「上《あげ》知《ち》」、復興事業人足の扶持米支給、「公儀普請」による治水などの大規模復興工事等々である。「上知」というのは、被災して農地として使えなくなった土地を返上させて、代わりの土地を与えることを言い、使用不能となった土地は幕領となった。

普請には、「御手伝普請」（天下普請）もあった。富士山大噴火の復興工事においては、幕府は、酒匂《さかわ》川、金目川の川浚《ざら》えと堤防の修復を、岡山藩、小倉藩などに命じている。

こういう「御手伝普請」では岡山藩や小倉藩が直接人数を派遣するのではなく、現地の町方、村方に請け負わせる。この時の請負額は八万五千五百両。これを御手伝藩が知行高に応じて負担する。人夫には被災地の住民を採用する。つまり、普請そのものに被災者支援の意味が含まれているのだ。子供まで使って、大人と同じ給金を支払った例もある。翌年、酒匂川の普請は伊勢津藩藤堂家に、金目川は浜松藩松平家に交代して命じられた。

つまり、救済としての復興事業に際して、幕府は藩を支援し、藩は村を支援し、村は自力でできることは自力で実施した。それぞれの持ち分で復興事業に当たることが原則であったのだ。この時、例外的に、幕府が「公儀」として直接村の支援に乗り出すこともあった。

「百姓成立《なりたち》」という言葉がある。百姓が成り立たなければ藩は成り立たない。藩が成り立たなければ幕府は成り立たない。つまりは、百姓が成り立たなければ、武家社会は成り立たないのである。それをよく認識していたからこそ、幕府は「公儀」というガバナンス機能を、藩から百姓まで一本で貫通させたのである。

「御手伝普請」については、各大名に費用を負担させ、財政的に反幕府行動がとれないようにするため、などという解釈、教育が永年幅を利かせてきた。「参勤交代」の目的も同様に語られてきたし、私自身学校教育でそのように教え込まれてきた。しかし、幕府による「公儀」権力の発動としての「御手伝普請」や「参勤交代」とは、そのような〝幼稚な話〟で説明できるものではないのである。

幕府の歳入を考えれば直ぐ分かることだが、幕府は今日で言う「国税」を徴収していないのだ。御料地（天領）からの年貢収入や直轄地経由の貿易収入が、歳入の殆どすべてである。しかも、御料地の年貢率は大名領のそれより低い。

「参勤交代」にしても、行列が華美にならぬように常に注意喚起をしていたのは、幕府である。各大名がなかなかそれに従わず、互いに見栄を張ったというのが実情である。寛永十六（1639）年から始まった「寛永の飢饉」の頃から既に幕府は、飢饉が発生すると江戸在勤の大名に帰国を命じ、諸大名に「撫民《ぶみん》」を指示、「飢饉奉行」とも言うべき、今の復興大臣に当たる臨時職を設け、蔵奉行の不正を摘発して江戸・大坂の蔵米のコントロールを行っている。

勿論、「御手伝普請」をどの家中に命じるかは幕府が決定することであるから、政治的思惑が皆無であったとは言わない。しかし、幕府は財源も乏しく、災害の多発で益々財政的に窮乏しながらも、「公儀」としてのプライドと責務を守ろうとしてきたことは無視できない事実なのだ。

稀《まれ》なことだが、富士山大噴火の後の復興事業に際しては、「諸国高役金」という復興税とも言うべき税金を取り立てた。御料地、大名領を問わず、全国の村々から高百石につき金二両を「武州・相州・駿州三カ国」の降灰被害を受けた村々救済のために徴税したのである。しかも、幕府が直接村々から取立て業務を行っていては迅速な復興事業に間に合わないので、まず大名に立て替えさせたのである。

これは、あくまで臨時的な措置であるが、この時全国から期限通りに約四十九万両が集まっている。

今、私たちは東日本大震災の復興財源として源泉所得税に上乗せして復興税とも言うべき税金を徴収されていることをご存じであろうか。

また、「子供手当」の財源がなく、中小零細企業までもが「子供手当」の一部を負担していることをご存じであろうか。

復興財源を確保することに全く異存はない。しかし、政府にガバナンス力がないから徴収方法が姑息《こそく》にならざるを得ないのだ。財源の当てもなく、子供手当だ、高速道路の無料化だ、教育の無償化だと、耳触りのいいことだけを喚いているから零細企業までもが「事業者負担」の名の下に子供手当まで負担することになるのだ。

今、私たちの社会は、政府や地方自治体だけでなく、民間の大企業に至るまで、ガバナンスという能力を失っている。特に、地方自治体や大企業でのガバナンスの弱体化は目に余るものがある。

徳川幕府は、打ち続く自然災害によって財政的に苦しい日々を重ねていた。それでも、「公儀」としてのガバナンスの維持には、〝意地を張った〟と言っていい。

江戸の災害については、別の書き物で詳述しようとしているところだが、二、三百年前の災害から学ぶべきことは災害後の復興局面にこそ多く隠されているのである。

## 8　八百八町《はっぴゃくやちょう》はよく燃える

江戸の災害を調べていると、江戸期は毎日毎日自然災害に襲われていたような気になるが、全国規模でみた場合、それはあながち誇張とも言えないところがある。

ここまで火災については触れてこなかったが、江戸市街に関して言えば、まぁ「大江戸八百八町」はよく燃えた。「火事と喧嘩は江戸の華」と言うが、江戸っ子は〝華〟などと強がっているが、江戸は何度も壊滅的な大火災に遭っている。

代表的な大火は、やはり「明暦の大火」であろう。

明暦三（1657）年正月十八日、本郷の本妙寺から出火、これが北西の強風に煽《あお》られ神田・浅草方面へ延焼。翌十九日には、新鷹匠町、麹町、番町から出火して江戸市街の大半を焼き尽くした。江戸城本丸も焼け落ちた。焼死者十万七千四十六人（武江《ぶこう》年表）、この被害者数は、関東大震災並みである。鎮火後、大雪となったので、この被害人数には焼け出されて凍死した者も含まれているはずである。

幕府は、将軍後見職保科《ほしな》正之《まさゆき》（会津藩祖）が陣頭指揮をとり、直ぐ二十日には浅草御蔵米を放出して粥施行《かゆせぎょう》を実施、これは二月十二日まで続行された。同時に、米の安売りを命じ、町方に復興資金十六万両を下賜した。

この大火を契機に、幕府直属の消火組織として設置されたのが「定火消《じょうびけし》」である。それまでは「大名火消」しか存在しなかったが、「定火消」は若年寄が管轄し、旗本が指揮する消火組織であった。

江戸開府以来の大惨事と言われるこの「明暦の大火」は、通称「振袖火事《ふりそでかじ》」とも言われる。どこまでが史実か何とも言えないが、実に怪異な出来事があったとされているのだ。

舞台となったのが、本郷丸山の本妙寺。大火の火元となった法華寺院である。

話は、承応三（1654）年、大火の三年前に遡る。麻布の質屋遠州屋の一人娘梅野十七歳は、菩提寺である本妙寺への墓参の道すがら、すれ違った瑞々しい前髪姿の美少年を見初《みそ》めてしまう。典型的な一目惚れである。以来、寝ても覚めても美少年の面影が消えない。

とは言っても、美少年の名前も身分も、どこの家中かも分からない。ならば、せめて衣装だけでもと、梅野は美少年のまとっていたものと同じ色柄の振袖を呉服屋で仕立ててもらい、それを人形に着せて、撫でたり、さすったり……こういうことをしていると、恋慕《れんぼ》の情は益々募《つの》る。遂に梅野は、病床に伏せる身となる。恋わずらいというやつである。翌承応四年（明暦元年）一月十六日、梅野は帰らぬ人となった。

可愛い一人娘を失った遠州屋は、梅野が何よりも大切にしていた品、例の振袖で亡骸《なきがら》を飾って野辺の送りをしてやろうと考え、振袖を棺桶にかけて本妙寺へ運び込んだのである。法要を済ませた住職は、この振袖を受け取り、古着屋へ売り払った。

この住職の行為を責めてはいけない。この当時坊主は、棺桶を飾っている遺品は棺《ひつぎ》が土に埋められる前にもらっていいことになっていたのだ。坊主の役得として認められていたのである。もらった物をどのように処分しようと、それはもらった者の自由と言うべきであろう。

時が経って、早くも梅野の一周忌、即ち、翌年の梅野の祥月命日《しょうつきめいにち》。上野の紙問屋大松屋の娘おきのの棺が、本妙寺に納められてきた。何と、その棺には梅野の仕立てた例の振袖がかけられていたのである。住職驚愕《きょうがく》。しかし、世の中にはこういう偶然もある。住職は、再びこの振袖を古着屋に売って金に換えた。

月日の流れは、いつの時代も早いもの。また一年が経って、梅野の二度目の祥月命日。本郷の蕎麦屋《そばや》の娘おいくの棺が本妙寺に運び込まれたが、その棺には何と……そう、あの振袖がかけられていたのである。

二度あることは三度ある？　いや、そういう悠長《ゆうちょう》な話ではない。さすがの住職も真っ青になる。これは、美少年恋しさの梅野の妄執《もうしゅう》が大松屋おきの、蕎麦屋おいくに祟《たた》って、二人のうら若い娘を呪い殺したのではないか。ここは、大施餓鬼《せがき》を催し、梅野の霊を救わねばならぬ。

呼び寄せられた三家の遺族は、一も二もなく同意。大施餓鬼の法会《ほうえ》は、十八日に行われることとなった。

折しもこの日は、朝から北風が吹き荒れ、砂塵を巻き上げていた。何せ、もう八十日間も雨は降っていない。空っ風は、上州だけの名物ではない。江戸の名物でもあるのだ。

この光景は、黒澤の映画を思い出していただくと理解し易いだろう。実際、私は初めて東京へ出てきた年の冬、晴天が続くことと連日の強風に驚いた記憶がある。西日本の里山の冬の景色は、静かに止まっている。これに対して、東国《とうごく》江戸の冬は荒っぽく猛《たけ》り狂っているのだ。

本堂で住職の読経が終わると、本堂前に火が焚かれた。罪業滅却を念じて、住職が振袖を広げて炎にかぶせる。振袖のあちこちから小さな炎が立ち始める。

次の瞬間、折からの強風が火のついた振袖を空に巻き上げた。宙に舞った振袖が、本堂の柱に絡みつく。柱も、本堂そのものも既に乾き切っている。火は柱に燃え移り、あっと言う間に本堂全体へと広がっていった。

これが、「明暦の大火」、通称「振袖火事」の発生瞬間の出来事であった。

十万人を超える死者を出し、江戸開府以来と言われる大火の裏に、このような若い娘の恋情が妄執にまで膨れ上がった恋物語があったのか。勿論、真偽のほどは、つまり、史実かどうかは分からない。そして、今のところ私は裏取りをする心算《つもり》もない。

とにかく、大江戸八百八町はよく燃えた。

正徳《しょうとく》から享保《きょうほう》にかけての一時期の記録であるが、以下のような火事が発生している。

◆正徳元（1711）年

一月四日　　芝土器町より出火、大火

一月十九日　　新和泉町より出火、霊巌島《れいがんじま》まで焼失

十二月十一日　　江戸大火、神田連雀町から日本橋まで焼失

十二月十二日　不忍池《しのばずのいけ》より出火
◆正徳二（１７１２）年
一月十九日　赤坂天徳院より出火、大火
二月八日　浅草花川戸より出火、深川まで焼失
二月二十三日　堀江町より出火、霊巌島まで焼失
四月二十四日　木挽町《こびきちょう》より出火、大火
十二月一日　下谷《したや》広小路より出火、柳原土手まで焼失
◆正徳三（１７１３）年
十二月二十一日　護国寺音羽町出火
十二月二十二日　下谷より出火、本所《ほんじょ》へ飛び火二百五十町焼失
◆正徳四（１７１４）年
一月十一日　牛込馬場先より出火
十一月二十五日　本所石原弁天前より出火
◆正徳五（１７１５）年
一月五日　亀井町より出火、浜町《はまちょう》まで焼失
十一月二十三日　下谷藤堂家中屋敷より出火

十二月三十日　大名小路本多家より出火、八十四町焼失

◆享保元（1716）年

一月十日　小石川・四谷大火、内藤新宿全滅

一月十一日　下谷無明坂《むみょうざか》辺りより出火

一月十二日　本郷二丁目より出火

一月十五日　千住宿大火

一月十七日　築地・飯田町全滅

※この年は、二月初めまでに約七十件の火災が発生し、諸物価が高騰した。

ざっとこのような有様で、江戸の火事を整理するにはエクセル表が必要となるので、以下省略とする。多くの人命も失われている火事を「以下省略」とは実《まこと》に不謹慎なことであるが、これが江戸の火事の実態なのだ。

この時期、つまり、正徳から享保年間は放火が多かった。享保八（1723）年から十年までの三年間に捕縛（逮捕）された「火賊」（放火犯）は百二人もいたのだ。「火賊」は「火罪」（火あぶりの刑）に処せられるのが当時の〝刑事罰〟であったが、放火は後を絶たなかった。犯人の過半は「無宿」などで、これが八十一人＝79パーセントを占めている。それは、都市化の進展

と共に、村から都市へ流入してきた下層民社会の住民たちであったのだ。

享保二（1717）年、大岡忠相《おおおかただすけ》が町奉行に抜擢された。彼に期待されたことは、防火対策である。

大岡は、享保五（1720）年、「いろは四十七組」の町火消を組織、本所・深川には別に十六組の火消組織を創り、町方が自主的に消火活動を行う体制を成立させたのである。「いなせ」を売りにした江戸の火消の誕生である。

その他にも大岡は、瓦屋根や土蔵造りを奨励、推進したり、強制移転も行っている。

それでも江戸は燃える。

例えば、享保六（1721）年には二月、三月だけで四度の大火が発生しており、武家屋敷7357、町屋13万3720、寺社1227が焼失し、2107人も死者を出している。

放火のことは別にして、江戸はなぜこれほど燃えるのか。

幾つかの理由が考えられるが、民家が密集している都市であること、風の強い土地であること、そして、木造建築が殆どであったことが、主たる理由として挙げられるだろう。

江戸の住まいは、極端に言えば木と紙でできている。木と紙でできた家は、石造り、レンガ造りに比べれば、当然燃え易い。

江戸社会は、木と紙の家しか作れぬ貧困社会であったのか。或いは、技術的に木と紙の家しか作れなかったのか。

どちらも違う。先に触れた津波を防ぐ堤防と同じことである。作れなかったのではなく、作らなかったのだ。つまり、仰々しく言えば、自然災害に対する価値観の問題なのだ。

もし、石造りの家屋にしていれば、地震の時どれほどの被害を出すか。災害は火事や飢饉だけではない。この国でもっと恐ろしいのは、地震や津波、火山噴火である。

石造りにすれば、火事には強いだろう。しかし、地震が発生すれば死亡率は確実に高まる。木と紙の家は、また建て直すにも石造りより容易である。

木と紙の家は、確かによく燃える。しかし、何事も両方は成り立たぬ。木と紙ならまた作り易いのなら、火事で燃えればまた作ればいい。石造りにして地震に遭えば、これはもう〝お陀《だ》仏《ぶつ》〟だ。

乱暴に言い切れば、これが江戸人の考え方であったと言っていいだろう。

「洒落《しゃれ》のめす」という言い方がある。

「叩きのめす」という言い方の「～のめす」と同じ「～のめす」である。徹底的に洒落尽くすという意味になろうか。「江戸の粋」の究極のあり様《よう》、それが「洒落のめす」ことなのだ。

災害すら「洒落のめす」……このメンタリティは、諦観《ていかん》に裏打ちされている。地震も噴火も津波も、すべては天の営みである。勿論、やれることはやる。人事は尽くす。しかし、その後は「天命」として受け容れるしかないではないか。このちっぽけな人間が、「天命」に抗《あらが》うことができるとでも言うのか。

第一、我々は日々、この天の恵みを受けているからこそ生きていられるのではないか。山へ入って落ちている小枝を頂戴すれば風呂も焚ける。湯に浸《つ》かって疲れをとって、また野良仕事に精を出せば、お天道様はちゃんと豊作にしてくださるではないか。水が足りなければ、それはお祈りするしかなかろう。

この深い諦《あきら》めを伴うとみられる江戸人の心情は、現代人からすればネガティブなものに映るだろうが、私はそんなに浅い諦観であるとは受け留めていない。

雨乞いにしても豊作祈願にしても、はたまた災害に際しての祈りにしても、神仏への祈りは「天命」を受け容れる一つの作法である。災害の後は、失われた命の「供養《くよう》」から始まる。「天命」を受け容れ、天への祈りとして「供養」を行って、心をリセットすることによってまた前を向くエネルギーを獲得する。つまり、この心情を「諦め」とするならば、それは決して「諦め」という言葉から受けるネガティブなイメージに支配されたものではなく、天との一体感を確認して再出発する前向きな心情を表わしていると考えることができるのだ。

火災すら「洒落のめす」のが究極の「江戸の粋」なら、お天道様と仲良くするのも喧嘩するのも「江戸の粋」である。江戸人は、お天道様と仲良くすることを選んで、地震に襲われても、津波に村をさらわれても、また今日も町が焼かれても、「供養」という「お天道様との会話」を済ませると、再び顔を上げて歩み出すという営みを繰り返したのだ。

時にそれは、伊勢踊や「ええじゃないか」といった集団的オルギーとなって噴出したが、これも「世直り」を意識したものであることは間違いない。皆が前を向こうというエネルギーを自ら奮い立たせるために、一時的に日常を遮断して熱狂を演出しているとみることができるのだ。

「宵越《よいご》しの金はもたねぇ」と粋がってはいたが、どうせまた焼け出されるのである。蓄財したって始まらないのだ。

この長屋の江戸っ子の感覚は、江戸人全体を支配していた自然観にも繋がっている。

近年、「自然との共生」ということがさも進歩的であるかのように威張《いば》って語られるが、何と傲慢《ごうまん》な思想であろうか。

自然と共生するということは、己と自然をイーブンの立場に置いていることを示している。これは、欧米人の狩猟民族ならではの考え方に過ぎない。

例えば彼らは、山に登ることを「山を征服する」という言い方をする。つまり、彼らにとって、自然とは「征服する」対象なのだ。おこがましいにもほどがあるが、これは民族特性である。

健康についての考え方から社会保障や軍事に対する考え方に至るまで、この自然観が反映されている。観光業者が有難がっている「世界遺産」も、彼らの自然観から生まれた価値観によって「価値」があるかないかを判定されているだけなのだ。

江戸人は、全く逆である。

お天道様の「天命」には従う、時に仲良くするという心情を支えにしている彼らは、自分たち人間そのものもお天道様が差配《さはい》する大自然の一部に過ぎないことを知っているのだ。だから、山々にも、小さな小川にも、時に荒れ狂う海にも、神々が宿っていると考えるのである。間違っても、人間が大自然とイーブンの立場にいるなどという傲慢な考えをもったことはない。人間はあくまで自然の一部、お天道様の、神々の差配する中で日々の営みを授かっている。

江戸人の「諦観」とは、こういう自然観に裏打ちされていることを知るべきである。

このことを理解しないと、江戸社会の「持続可能性」や「エネルギー循環システム」が理解できるはずはないのである。

私は、三陸沿岸に防潮堤を建造することに強靭に反対しているのではない。社会的コンセンサスが成立するならば、それでいい。

逆に、津波が襲って来れば高所に逃げ、ここまで来たよという場所に犠牲者の名前を刻んだ石碑だけを建て、また沿岸へ戻って海の幸の恩恵を受けて生き、また津波が襲って来たら逃げる……そんなことを繰り返していた江戸人をバカにしてはいけないと言っているだけである。

江戸の街では市民たちが、焼け出されても焼け出されてもまた同じようなささやかな木と紙の家を建て、「火事と喧嘩は江戸の華」などと「洒落のめして」粋がって生きていることを、幕府の無策などと断罪することも間違っているのだ。

江戸社会には、自然科学や芸術が高度に発達した側面があれば、「間引き《まび》」や「姥捨て《うばす》」といった民俗とも言うべき、現代感覚では悲劇的な側面も存在する。西欧社会が行き詰まりに来た今、この「間引き」すら評価する欧米の科学者がいることもまた事実である。

諸々《もろもろ》包含して、私は「世界は江戸へ向かっている」と言い続けてきた。これは、江戸の価値観へと向かっているという意味である。

人間は、どこまでも自然の一部である。決して、自然と対峙できる資格をもった存在ではない。従って「共生」などと傲慢なことを言っていると、必ず破滅に向かう。欧米人がこのことに気づくのに、あとどれほどの年月が必要なのか。そして、愚かなことに、肝心の日本人が、江戸を土中に埋めてしまってこのことを忘れ去ってしまったのである。

高齢者が異常に増えれば社会はどうなるか。お天道様が、そんないびつな社会を創るはずがない。

江戸人の価値観、この国の自然観を受け容れ、「順繰り《じゅんぐ》」という伝統的な社会の通念に従って、不肖原田は、何とか己の墓場までの距離を己自身で目算《もくさん》し、己の始末の準備を始めようと決意しているのである。

# 第三部

## 風に吹かれて三度笠　～正史と稗史～

## 1　片手落ち

私が十八歳まで育った近江《おうみ》（滋賀県）も、江戸期に二度に亘って「近江地震」という大地震に見舞われているが、私が暮らしていた時代に大きな地震はなかった。せいぜい震度3までであった。

いきなり余談ながら、この震度という尺度は、最近かなり緩《ゆる》くなっているのではないか。かつては震度4など滅多《めった》に発表されなかった。あくまで私の体感に過ぎないが、今は、これは3かな？　と思ったら、必ず震度4などというテロップがテレビに流れるのだ。

私の東京暮らしも半世紀に達しようとしているが、私は東京で震度5を二度経験している。但し、それは、私が勝手に「旧基準」と考えている時代のことである。一度目は、自治体の広報車と消防車がパトロールに回ってきた。二度目は、事務所のガラスが割れてしまった。震度5とは、それほど強烈であったという体感の記憶があるのだ。

今の「新基準」の震度5では、とてもガラスなど割れない。旧基準だ、新基準だなどと、実に勝手なことを言っているが、最近は地震の震度まで柔《やわ》になったかと、軽い怒りを覚えているに過ぎない。

ただ、震度6だ、7だとなると、これはもう新だ、旧だと言っている場合ではなかろう。こういう激震に遭った地域の被害に心を痛めた平成という時代は、こと自然災害に関しては不幸な時代であった。

近江湖東地方には、私の少年時代に妙な地震があった。人びとは、それを「雪起こし」と呼んでいた。決して大きな地震ではない。当時の感覚で、せいぜい震度2といったところであったろうか。

奇妙なことに、その地震は大体決まって十一月後半とか年末といった時期にたった一度グラリと揺れるだけであったのだ。そして、その地震が来ると、いよいよそのシーズンの初雪が舞うのである。「雪起こし」という名称は、初雪を促す地震という意味で付けられていたのである。湖東地方は、近江最高峰の伊吹山に睥睨《へいげい》されて、いつも人びとが伊吹山に気を遣って生活しているような地である。伊吹が吹き下ろす「伊吹降ろし」が吹き、「雪起こし」が起こると、湖東にはいよいよ雪が舞い、本格的な冬がやってくるのだ。「雪起こし」とは、そんな、まるで季節の風物詩のような地震であった。

私は、実際にそういう季節を何度も過ごしてきたのだが、果たして地震が毎年ほぼ決まった時期に発生するということがあるのだろうか。地震が雪と関係をもっているというのは、ありそうな気がする。しかし、毎年ほぼ決まった時期に、というのが今なお解《げ》せないのである。確かに、私は体験している。その時祖父は、

「いよいよ来《き》よる」

と、年に一度我が家を訪れる「越中富山の薬売り」がそろそろ来るだろうという時と同じような穏やかな口調で呟《つぶや》いたものであった。

こういう疑問を、今から無理に解こうという気持ちもない。先に述べたように、まるで江戸期ではないかと錯覚するような日々を送っていたこういう里山では、当時もそれは疑問でも何でもなかったような感覚があったのだ。

真《まこと》に長閑《のどか》な話であるが、今思うと学校生活も大らかなものであったと思い起こされる。

地域の一大イベントである運動会。

古い里山の学校の運動会とは、ひとり子供たちだけのイベントではない。地域全体の、大人も浮き立つ、お祭りのような一大イベントであったのだ。

何せ娯楽施設もなければ、テレビもない時代、大人たちにとっても格好のレクリエーションであったのだ。小学校も中学校も、佐和山城下、中仙道鳥居本宿に在ったが、この宿場町にこの地域唯一の内科医院が在った。近在の村々からも、皆ここへ通ったのだが、この内科医院にこの地域最初のテレビが設置されたのである。当時のお金で三十万円という金額が、私たち子供の世界にも聞こえてきたが、その真偽は分からない。

この、学校の在る鳥居本宿から中仙道を約一里下ると、私の村が長閑に佇んでいたのだが、私の村に最初のテレビが入ってきたのは、内科医院のそれから二、三年経った頃であったろうか。皇太子殿下（今上陛下《きんじょう》）と美智子さまのご成婚の年、昭和三十四（1959）年のことであった。この年、来たる昭和三十九（1964）年に東京でオリンピックが開催されることが決まった。また、王貞治がプロ第一号のホームランを放ち、長嶋茂雄が天覧試合でホームランを打った。児島明子が、日本人で初めてミス・ユニバースとなって話題をさらったのもこの年であった。私たちは、こういう出来事をまず新聞で知るのだが、それを映像で確認させてくれたのは、数ヶ月後に彦根城下の映画館で、三本立て興業の映画と映画の合間に流される「ニュース映画」であった。

このような娯楽環境、情報環境に生きていている時代、運動会とは地域の人びとにとって、最たるハレの行事であったのだ。

私たち少年少女にとっては、まさに晴舞台である。学業で一番をとっても、それは身内と本人という狭い世界では栄誉であったろうが、運動会で活躍すれば忽ち《たちま》知名度に影響する。仮に負けても、大人たちは「負けっぷり」にもあれこれ評価を下すのだ。

この晴舞台の花形種目は、クラス対抗リレーであった。個人種目より活躍度の分かり難い団体種目であったが、当時の大人たちは、こと運動会に関しては今の柔い親たちより〝見る目〟をもっていたと言えよう。チームに対するさまざまな面での貢献度を、きっちり見ていたと思う。仲間を励ます女の子が、後で褒《ほ》めそやされるというようなこともあったのである。

中学生ともなれば、やっているこちらもクラス対抗ともなれば、大人の目がどうあれ、いきおい熱くなるものである。年に一度の運動会の最終種目である。ここでぶっちぎって勝てば、向こう一年廊下の真ん中を胸を張って歩けるというものなのだ。

この、熱狂のクラス対抗リレーにおいて、今では信じられないことも行われていたのである。ここから、この話は長閑さを失っていくことになる。

何処《どこ》の学校にも、身体に障害をもった生徒がいる。いや、今は普通の学校にはいないだろうが、当時は当たり前にいたのである。

「癲癇《てんかん》もち」、「ビッコ」を引く子、軽い知恵遅れ等々、何らかの障害をもった子もいたものであった。この、「癲癇もち」以下の表現は、今は「差別用語」などと言って使えないようになっている。メディアが主導して使わせないのである。

だが、ここでは敢えて当時のままの言葉で語らせていただきたい。そして、最後まで聞いていただきたい。

私のクラスに一人の「ビッコ」を引く男子がいた。別のクラスに「癲癇もち」がいた。私たちは、そもそも健常者、障害者という区別を日頃からしていない。たまたまAは片足が不自由で、隣のクラスのBは「癲癇もち」であっただけのことで、勉強も、部活も一緒にやっていたのだ。休憩時間の遊びだって、いつも一緒であった。

勿論、ケンカも普通に起こる。Aがタチの悪いいたずらをすれば、身障者だからといって、誰も容赦はしない。時に、取っ組み合いのケンカとなる。

花形種目のクラス対抗リレーは、人数調整は当然行われるが、全員参加が基本であった。つまり、「ビッコ」を引くAも私たちのチームのリレーメンバーとして、校庭一周を走り切ることになるのだ。

リレーという競技で、足の不自由なメンバーを抱えていることとは、私のチームはのっけからハンディを背負っていることになる。別のチームに「癲癇もち」のBがいたが、Bは私がキャプテンを務めていたハンドボール部の部員であった。どういう時に泡を吹いて倒れるか、日頃の練習を通じて私はよく分かっていた。もう一人、片腕の動かない女の子が別のチームにいたが、この三人を比較した時、リレーにおいては片足の不自由なAを抱える私のチームが一番不利であったと言えるだろう。

チームは4チーム。今で言う健常者だけのチームは、一つだけであったという記憶がある。この4チームが、全く同じフィールドでリレー競技で覇《は》を競うということ自体が、今の感覚をもち込めばおかしいのかも知れない。

しかし、私たちは全く不公平ともハンディを背負っているとも考えなかったのである。日頃から何をやるにも一緒にわぁわぁ騒いでやっているクラスの仲間の一人なのだ。何の違和感ももっていなかった。クラス対抗なら、益して最終種目の花形種目なら、彼が参加して当たり前であろう。恐らく、教師たちも同じ感覚ではなかったろうか。

私たちは、数週間前から始まる練習時間の際に、何度も作戦会議を開いた。

Aは、果たしてどれだけ引き離されるか、まずそれを予測して設定する。一周半は離されるだろう。では、これを他のメンバーが取り返す場合、Aを何番目に走らせるのがいいのか。これが、問題であった。

思い切って第一走者にして、端《はな》から一周半離されるという作戦もあり得る。競馬で言えば、差し馬の走り方となる。逆に、前半の四～五人で思い切りリードを広げておく。この場合、Aにバトンが渡った時には、一周半以上のリードがなければならない。この作戦をめぐって、男子も女子も、当然Aも加わって、何度も話し合うのである。

こういう時、Aに向かって、

「お前、一周半で大丈夫か?」

「だって、相手は不自由じゃないんだぞ」

などとストレートな言葉が飛び交う。私自身、その不自由な片脚をどう運べばより速いか、一緒に練習したが、

「違う！　短い方をもっと高く上げろ！」

などと言っていたと思う。

要するに、私たちはイーブンだと思っていたのである。いや、それは結果論のような理屈であって、少なくともAをメンバーから外すなどという発想をもっていなかっただけなのだ。Aがチームにいるのは、いつものことで当たり前だと思っていただけなのだ。

特に、ここ十年ほど、何かあると直ぐ、それは差別語です、などと言って、日本語を次々と殺すことを、メディアが率先して行っている。

今、私は「ビッコを引く」などという表現を当時のまま使っているが、この原稿をみたら版元のS編集長は腰を抜かすに違いない。私の原稿に慣れているはずのS編集長でも、これはキツイやり取りになるだろう。もし、読者諸兄がこれを読んでくださっているとすれば、それは彼の大英断があって刊行に踏み切ったものと、この編集長を讃えていただきたい。

もう、十二、三年前になるが、私の処女小説、それは私小説『夏が逝《い》く瞬間《とき》』であったが、この時から既に〝言論弾圧〟は強まっていた。

その時は、「百姓」や「町医者」といった単語はすべて「差別語」とされ、版元校閲との間ですったもんだの一悶着《ひともんちゃく》があったのだ。小説の舞台は昭和三十五年頃。時代の空気を大事にしようとする時、こういう言葉もそのまま大事にしなければこれを書いた意味は半減する。私は、

〝強行突破〟した。

その後、平成社会における言論封殺は、益々酷《ひど》くなっている。

今年（平成二十九年）六月に刊行にこぎつけた新撰組土方歳三《ひじかたとしぞう》に関する書籍のケースで、その怒りはピークに達した。というのは、「片手落ち」という表現が差別語に当たるから書き換えろと指摘されたからである。この言葉は、例えば、

――浅野内匠頭《たくみのかみ》殿、切腹仰せ付けられ、吉良殿お構いなしとは、殿中《でんちゅう》ご法度《はっと》に照らして片手落ちとは言えまいか――

などと、「不公平」「妥当性を欠く」という意味合いで使われる〝立派な日本語表現〟である。どこに差別的ニュアンスがあるというのか。

版元が言うには、「片手」がダメだと言うのである。身体的障害を指していると言うのだ。私は、唖然とした。真にバカバカしい。慣用表現を単語に分解して意味を消滅させ、分解した単語の一つを無理矢理「差別語」だとするのである。これは、この版元固有の判断ではなく、どの版元でも同じことを言うだろう。出版という、言葉を商売の素材とする業態でありながら、こうやって何の思慮《しりょ》もなく次々と日本語を殺していくのである。

例を挙げればキリがないが、要するに今の社会では体裁さえ繕《つくろ》えば良しとされるのだ。行動や意識が差別心に満ち満ちていても、その言葉さえ使わなければ全く問題はないのである。まるでプロのようなパラリンピック選手だけをヒーロー扱いする一方で、娘が足の不自由な男に惚れて結婚したいと言い出せば、殆どの親が烈火の如く怒って、頑強に反対する。私は、その種の事例を複数知っている。

私は、実際に片足の不自由なスタッフを二名雇用したことがある。有能だと思ったから、雇用しただけである。本社の入っているビルの一階には、普通の人間にとっても高過ぎる段差があるので、そういう苦労が全くない分室勤務としただけで、他に気を遣《つか》ったことは何もない。『バカの壁』でお馴染みの、解剖学者の養老猛《ようろうたけし》氏は、人間の個性というものは身体に表われている特性のことを言うのだという主旨のことを、警告的に述べている。子供の個性だ、個性教育だと声高《こわだか》に喚いている、さも進歩的な知識人ぶった輩《やから》を念頭に置いて述べたものであると理解しているが、私は養老氏の個性の定義に全く同意である。

「お前、指が一本少ないけど、どうしたの？」

「工場のプレス機でやっちゃってさぁ」

「そうなんだ……俺は事故じゃなくて生まれつきだけど、左足がほら、右よりこんなに短いんだよ」

極端な例かも知れないが、こういう会話がなぜ普通に交《か》わせないのか。少なくとも、私の少年時代はこんな風であった。指が一本欠けているということも、右足より左足が短いことも、紛れもなくその者固有の特性であり、個性そのものではないか。

そのような個性本来の意味を無視して、個性、個性と流行《はや》りのコマソンの頭みたいに軽々しく耳触りのいい言葉のシャワーを浴びせられて育った子供ほど「いじめ」に走っているのではないかと心配になるが、差別とは何なのか、親も教師も、そして、何よりもメディアが、一晩でいいから寝ないで考え詰めてみてはどうか。

現在差別語とされている言葉を使わせろと言っているのではない。今、私は中学生時代のようにそれを使うことが普通だとも思っていない。

だが、特定の単語さえ使わなければ、その日本語さえ殺してしまえば、差別はなくなると思っていないか。それは単なる「言葉殺し」である。

足の不自由な仲間と一緒に、何とかしてリレーに勝とうと必死になっていた田舎の、古い中学生時代。振り返れば、それは荒っぽい、不作法な時代であった。しかし、体裁だけは美しく、上品な平成社会と比べて、一体どちらが〝差別心に満ちた社会〟なのか。どちらが上質な社会なのか。

今日《こんにち》ほど自由にものが言えない時代は、私の七十年を超える人生で他にはなかった。生身の人間を愛することに価値を置かない社会ほど体裁だけにこだわり、その体裁を取り繕うための規制を強めるものらしい。

## 2　次男坊鴉《がらす》と三度笠

驚くべきことに、現在、高校の歴史教育において日本史は選択科目だという。世界史が必須科目となっているというのだ。本来、逆であろう。

これが、日本の文部科学省の神経なのだ。勿論、この神経は狂っており、こういう役所がリードして「ゆとり教育」という犯罪的な教育を行ってきたのである。私の周《まわ》りにいる「ゆとり」の子たちは、皆、愚かな官僚が犯した犯罪の被害者でもあるのだ。

これはもう取り返しがつかないことなので、「ゆとり世代」は自力で何とかするしかないのだ。一時しのぎの慰め言《ごと》を言うのはよそう。

ところで、日本史に限らず、歴史には「正史」と「稗史《はいし》」というものがある。

正史については説明する必要はないだろうが、稗史とは何か。「稗」とは「卑しい」という意味をもっている。つまり、ひと言で言えば、稗史とは「卑しい歴史」なのだ。

これだけでは余りにも愛想がないので、もう少し肉付けすれば、古代中国の宮廷には民間の出来事、市井《しせい》の風聞などを集めて王に奏上する「稗官《はいかん》」という身分の低い役人がいた。この稗官が集めた民間の物語を「稗史」と言った。

即ち、時の王朝、公権力が編《あ》んだ歴史、つまり、「官」が認めた歴史が「正史」であって、稗史とは「官」の立場からすれば、卑しい民間の、「官」にすればどうでもいい歴史のことなのだ。

近年、私が扱っている明治維新について言えば、学校で教える所謂《いわゆる》「官軍教育」が「正史」であって、私の主張は「稗史」という位置づけをされるかも知れない。

民俗学という学問を例に出せば、もっと分かり易い。

日本の民俗学といえば、柳田國男がその祖である。柳田民俗学とも言われるほど、その学問的開拓者としての功績は大きい。しかしながら、柳田民俗学では被差別民や漂泊民、同性愛を含む性愛といったジャンルは扱わない。あくまでも「官の民俗学」であって、人間の生々しい生の営みに視線をやることはないのだ。柳田自身が貴族院の書記官長や枢密《すうみつ》顧問官を務めた官僚であったことを思えば、「官の民俗学」という評価を下したとしても誤りではないだろう。

これに対して宮本常一は、柳田民俗学が無視した性愛の部分にまで踏み込んだ。西日本で盛んであった夜這《よば》いの研究では、他の追随を許さない。時に、処女率まで計算している。宮本は、正史—稗史という区分に照らせば、「稗」の部分に踏み込んだと言えるのだ。柳田民俗学を「正民俗学」とすれば、宮本民俗学は「稗民俗学」と言えるだろう。

これを歴史の考察に当てはめれば、私の主張はやはり「稗史」に区分されるかも知れないが、私は「稗史の精神」を大事にしている。日頃から、「生身の人間の営み」というものを重視している私にとって、「稗史の精神」なくして歴史を語ることなどできないのである。

そもそも正史—稗史という区分が、既に意味を失っている。

江戸期一つを採り上げてみても、武家がいれば公家もいるし、百姓、商人だけでなく、女郎も博徒《ばくと》（ヤクザ）も、それぞれ必死の生の営みを積み重ねてきたのである。己の浅学と非力を棚に上げて、できればそのすべてを視野に入れて歴史を考えたいのである。

所詮私は、先に江戸期同然と述べた、田舎の次男坊である。特に古い田舎では、江戸期同様に家を継ぐ嫡男と嫡男以外では、存在の価値が全く異なっていたのである。嫡男以外は、次男でも三男でも、嫡男ではないという一点において同じであった。

江戸期の次男以下はどうしたか。どこかへ養子に出た。養子の口がなければどうなるか。一生、嫡男である兄の家で居候《いそうろう》として暮らすことになる。武家の世界ではこれを「部屋住み」と言う。この立場は、一生結婚も望めないことが多かったのである。私がそのまま江戸期に生きていたら、それだけは勘弁してくれと懇願したに違いない。下手をすれば、女を求めて出奔《しゅっぽん》、脱藩さえしていた可能性が高い。

江戸期同然の環境であったとはいえ、幸いなことに私は幼い頃から次男であることに不運を感じたことはない。敗戦後の復興時期に当たり、田舎の次男坊が村を出ていくのは当たり前だと思っていた。出ていくものだと、思い込んでいたのである。

日本中の農村で、次男坊以下が同じことを考えていて、結果として東京の一極集中が進むのだが、出ていくのが当たり前と思っていた当人は気楽なものであった。

「風の吹くまま気の向くまま」

というフレーズがあるが、そう、まるで映画でみる縞《しま》の合羽《かっぱ》に三度笠を被《かぶ》った、カッコいい渡世人のような気分でもあったのだ。

まだ現実の江戸期の無宿渡世の実態も知らず、ただ東映時代劇の影響を受けて、風に吹かれるように故里を後にすることに、多少のカッコ良ささえ感じていたかも知れない。

私の場合は、風に吹かれて飛んで行って、たまたま東京へ居ついてしまって、気がついたら半世紀も長居をしてしまったという感じなのだ。つまり、次男坊というのは、どこへ飛んで行ってもその地で楽しく生きられるのである。私自身、こういう歳であっても、急に明日から見知らぬ裏日本の港町で暮らすことになったとしても、全く平気である。家を背負っていない気軽な次男坊は、リセットを一瞬にしてやってしまうのだ。

そういう次男坊が、少年時代に憧れていたのは、番場《ばんば》の忠太郎であったり、吉良の仁吉であったり、沓掛《くつかけ》時次郎といった、主に長谷川伸が生み出した股旅《またたび》ヒーローたちであった。

番場の忠太郎（『瞼の母』）、沓掛時次郎といった長谷川伸の生み出した股旅ヒーローの系譜には、その他に、駒形茂兵衛《もへえ》（『一本刀土俵入り』）、関本の弥太郎（『関の弥太っぺ』）、鯉名《こいな》の銀平（『雪の渡り鳥』）、木場の政吉（『中山七里』）などがいる。私の中では、橋幸夫のヒット曲でお馴染みの佐久の鯉太郎《こいたろう》なども同系のヒーローである。いずれも、映画、舞台、股旅歌謡で大衆の心を強く摑んだ、忘れ得ぬヒーローである。それぞれが何度も映画化され、舞台化され、何人もの歌手によって唄われた。

例えば、「沓掛時次郎」の場合。

股旅演歌としては、お馴染み橋幸夫以外に、天童よしみ、坂本冬美、古くはフランク永井の作品がある（坂本の楽曲は橋・天童の佐伯孝夫・吉田正作品とは全く別作品）。映画になると、昭和四（1929）年を皮切りに戦前に四回、戦後に四回、合計八回も映画化されており、テレビのドラマ化は五回、その他近年ではマンガにもなっている。

この中でもっとも評価の高いのが、昭和三十六（1961）年、大映から公開された市川雷蔵《らいぞう》主演の作品で、相方《あいかた》は新珠《あらたま》三千代。この時の主題歌を橋幸夫が唄い、不滅の大ヒット曲となった。市川雷蔵という伝説の映画俳優の、伝説の名作である。この時の撮影（カメラマン）が宮川一夫と聞けば、映画好きならずとも驚かれるであろう。
この作品の大映京都の宣伝コピーが面白い。

恋の長ドス浅間に光る、
意地と度胸の渡り鳥！

原作に想いを致せば、コピーとしてはこれはちょっといただけないが、映画が大衆娯楽の王様で、日本映画の黄金期のことである。原作者長谷川伸先生はこの時まだご存命であったが、苦笑いをされていたことであろう。
時次郎の故里、しなの鉄道・中軽井沢駅（旧沓掛駅）に中軽井沢商工会の建立《こんりゅう》した記念碑があるが、この碑文の方がまだ上等である。

千両万両　枉《ま》げない意地も
人情搦《から》めば　弱くなる

浅間三筋《みすじ》の煙りの下で
男　沓掛時次郎

また、鯉名の銀平（原作は「雪の渡り鳥」）の場合。

何といっても、三波春夫の大ヒット曲がある。このヒットは、昭和三十二（1957）年のことであった。平成になって、中村美律子がカバーしている（中村の方が上手い）。

三波春夫の『雪の渡り鳥』（清水みのる作詞、陸奥明作曲）は、昭和三十二年に公開された大映映画『雪の渡り鳥』の主題歌であった。映画では、鯉名の銀平を長谷川一夫、お市を山本富士子が演じた。当代一の美男美女コンビの映画が当たらないわけがない。私の知る限りでは、この作品の映画化はこの時が三度目であった。昭和三十二年といえば、私は小学校四年生であったはずだが、この唄は『沓掛時次郎』同様、今でもソラで唄えるから恐ろしい。

♪合羽からげて　三度笠
どこをねぐらの　渡り鳥
ぐちじゃなけれど　この俺にゃ
帰る瀬もない　伊豆の下田の

灯が恋し
♪はらい除《の》けても　降りかかる
何をうらみの　雪しぐれ
俺も鯉名の　銀平さ
抜くか長どす　抜けば白刃に
血の吹雪

股旅ものには必ずご当地がある。沓掛時次郎なら信州・沓掛、瞼の母なら近江・番場、雪の渡り鳥は伊豆・下田といった具合である。

他国を知らぬ田舎の少年は、股旅歌謡を聞きながらまだ行ったことも、見たこともない下田という鯉名の銀平の故里を、鮮やかなビジュアルとして思い浮かべるのだ。ストーリーと歌詞から思い浮かべるその地の雰囲気は、独特の精緻さを以て後年に至るまで私の内で生々しく生きており、後に現地を訪れることがあっても失望した例は一度もない。

そういえば、『一本刀土俵入り』で、水戸街道取手宿の旅籠《はたご》「我孫子屋」の二階から空腹でふらつきながら通りかかった茂兵衛に情けをかけた酌婦お蔦《つた》の故里は越中八尾《やつお》であった。今や「おわら風の盆」ですっかり有名になった、あの八尾である。お蔦も、母を想い語る茂兵衛につられて思わず生まれ故郷の「おわら節」を口ずさんでいたのである。

『関の弥太っぺ』弥太郎の故里は、常陸《ひたち》・関本である。彼は、妹を探して信州まで足を延ばしたが……最後まで自分を慕っていたと聞かされた妹は既に死んでいた。ここから目的を失った弥太郎は、無宿渡世に命を張ることになる。昭和三十八（1963）年に公開された、中村錦《きん》之助《のすけ》主演の映画（東映）のラストシーンと垣根越しの男と女のカットは、余りにも有名である。

「旅人《たびにん》さん、私のお兄さんになってくれませんか」

「あっしは妹のところへ行くだけが願いで……」

「妹さんが羨ましい」

女は十朱幸代《とあけゆきよ》さん（彼女には「さん」をつけなければいけない）であったが、ここでまたまた錦之助の名セリフ。

「お嬢さん、この娑婆《しゃば》は辛えこと、悲しいことばっかりだ。だが、忘れるこった。忘れて日が暮れりゃ、また明日になる……ああ、明日も天気か……」

そして、ラストは、たった一人で飯岡一家の待つ行き止まりの一本道を行く弥太郎。カメラが引いて、三度笠をぽんと空に投げる後姿の弥太郎と彼岸花《ひがんばな》。笠を空に投げるのは喧嘩出入りに入る瞬間。「死人花」とも言われる彼岸花は、弥太郎の目の前の運命を暗示している。勿論、こういう時は遠くで鐘の音《ね》がぼ〜んと響くことになっている。

そうなのだ、股旅ものにはご当地があって、その土地との柵《しがらみ》を舞台装置として必ず男と女がいるのだ。そして、男と女を引き立てる存在として妹や母がいる。

凶状もちの男は堅気《かたぎ》の女の気持ちを知っても決して口説きはしない。背では泣いても涙は見せず、女一人が涙に咽《むせ》ぶ。そして、行き着くところで女のために命を棒に振る。大概、そういうことになっている。

作品として股旅というものを創り上げた長谷川伸は、無宿渡世の股旅を次のように定義している。

「男で、非生産的で、多くは無学で、孤独で、いばらを背負っていることを知っているものたちである」

浮世の義理、渡世の義理に縛られ、意地を通すが情には勝てず、だからといって決して男と女が〝一線を越える〟ことはない。当節の政治家やタレントとは違うのだ。無宿渡世の渡り鳥と女の恋は必ず純愛なのである。

この社会では一時「3K」が嫌われ、「3高」などと言われる男がもてたが、男や女の流行り廃《すた》りなどあっと言う間に終わるのだ。

結局男は、無宿渡世に尽きるのだ。

ところで、「股旅」とは、どこからそういう表現が生まれたのか。

まだ小学生であったと記憶しているが、母が明快に言い切るように教えてくれたことがあった。旅から帰ったと思ったら、「また旅に出ていく」から「また旅」と言うようになったのだと、まるで下手なヨシモトのギャグのような、実に単純な話であったが、底辺に生きる無宿人の世界のことであるからそういうことかも知れないと、私はその後長い間、母のこの説を殆ど信じていたのだ。

勿論、これは誤りである。「股旅」という言葉は、長谷川伸の造語で、「旅から旅と、旅を股にかける」という意味らしい。今ではこれが定説となっている。母の解説とは全く意味が違っているが、現象としては同じことだと、私は内心で母を弁護している。

では、「股旅」と同義の「三度笠」とはどこからきた言葉なのか。

江戸・大坂・京都の三ヶ所を毎月三度ずつ往復する「定飛脚《じょうびきゃく》」がいたが、彼らが被っていたところから「三度笠」と呼ばれるようになったという説がある。三度往復するから「三度笠」である。

また、もともとは女用の笠であったともされ、だからあのように目深い形状（江戸期の言葉では「大深」）になったのかと一瞬納得しそうになるのだが、では、「妻折笠」と「三度笠」は同じものなのか、ちょっと混乱している。またまた、文化年間以前は「旅商《たびあきない》」がこれを被り、文化以降はこれが「菅笠《すげがさ》」を用いるようになったが、「定飛脚」は一貫して「三度笠」を被っていたという話もある。行商人が何故「菅笠」を被るようになったのかも、私にはまだ理解できない。「菅笠」は、どちらかと言えばすり鉢状であり、「目深」である点は共通しているが「三度笠」とはかなり形状が異なる。ますます分からなくなっているが、ここでは「定飛脚」が三度ずつ往復するから「三度笠」、とするに留《とど》めておくことにしよう。

どっちにしても、少年時代の私どもは「縞の合羽に三度笠」に憧れた。このことと次男坊のメンタリティとの間に、何らかの関係があるように思えてならないのである。

そして、清水の次郎長が年代を問わず一番人気であったことは間違いなく、清水の次郎長はヒーローと呼ぶに相応《ふさわ》しい「任侠」の男であった。ヤクザなのに、常に正義のヒーローであった。

沓掛時次郎や番場の忠太郎と違って、次郎長は実在の人物である。確かに幕末動乱期にその世界では〝活躍〟した。しかし、この男の実の姿は、映画や演劇などで定型となっているそれとはかなり異なる。次郎長といえば、その敵役《かたきやく》は「ども安」や「黒駒の勝蔵」である。彼らも実在の無宿人であるが、股旅ものと言われる映画では常に悪役であった。

そもそも無宿渡世で悪事を働かなかったヤツはいない。次郎長とて同様。しかし、映画や演劇を問わず殆どすべての作品で、次郎長と勝蔵たちは、白黒はっきり分けて描かれてきたのである。

結論めいて言えば次郎長という男は体制側とうまくつき合った男である。御一新と言われる通り、彼らの時代に体制そのものが大転換した。世の中が一瞬にして変わったのである。次郎長は、この変革期をうまく波に乗って世渡りしたと言えるだろう。

次男坊鴉は、三男坊以下と全く違って、概して世渡りが下手である。これが、任侠の世界に生きた男の中の男、実在の無宿渡世の三度笠と次男坊の決定的な違いかも知れない。

## 3　黒船来航と「ども安」の島抜け

改めて、「無宿」とは何か。ひと言で言い切れば、江戸期の戸籍と言ってもいい「宗門人別《しゅうもんにんべつ》改帳《あらためちょう》」から外された者、即ち、抹消された者を言う。

江戸末期、天保から幕末にかけては、無宿者が溢れた感がある。

甲州博徒の大物〝ども安〟こと武居の安五郎、その弟分で、常に次郎長の敵役として描かれた黒駒の勝蔵、幕府を震撼させた下総《しもうさ》勢力富五郎、武州石原村から現れたヒーロー幸次郎、新撰組伊東甲子太郎《かしたろう》グループを支えようとした岐阜の水野弥三郎等々。

彼らは、講談や浪曲の世界でヒーローとなったが、すべて実在の人物である。しかし、官軍正史には登場しない。つまり、どこまでも稗史のヒーローに過ぎないが、実は正史に登場する人物以上に華々しく、ダイナミックに生きたのである。

歴史が生身の人間の営みを正しく描くものであるならば、稗史の登場人物を、稗史だからといって排除して歴史の検証は成り立たないという事例がここにもあるのだ。

嘉永六（１８５３）年といえば、黒船が来航した年である。ペリーが浦賀沖に現れたのが旧暦六月三日。その五日後の夜、伊豆七島新島から七人の流人《るにん》が「島抜け」を敢行した。

島流しというと、八丈島ではないかと思われる方も多いだろうが、舞台は新島である。実は、新島も流人の島であった。「島抜け」は大罪も大罪である。歴史上、「島抜け」を成功させた流人は、殆どいないのではないか。

ところが、この七人の「島抜け」は、大筋においてほぼ成功しているのだ。「七人の侍」と「大脱走」（The Great Escape）をミックスさせたようなこの「島抜け」を敢行したのは、以下の七人である。

武居村無宿　安五郎
大館村無宿　丑五郎《うしごろう》
河内村無宿　貞蔵
万光寺村無宿　造酒蔵《みきぞう》
無宿　角蔵
岩槻宿百姓音五郎弟　源次郎
草加宿無宿入墨　長吉

安五郎以外は全員二十～三十代の男たちで、どうやら実質的な首謀者は丑五郎、貞蔵、角蔵の三人で、彼らは安五郎を頭目《とうもく》として担いだ。三人はまだ二十代のチンピラである。博打であげられたか、義理が絡んだ出入り騒動でとっ捕まったか分からぬが、四十代に乗った安五郎はこういう若造とは格が違う。

武居の安五郎といえば、甲州博徒を代表する親分格の大物ヤクザである。そもそも、生家の格が違う。安五郎の生家中村家というのは武居村の名主を務めたことがあるだけでなく、代官に代わって警察権を委任された「郡中取締」役に就《つ》いたことさえある〝名門〟である。社会秩序を殊更重視した江戸期という時代は、百姓にも多層な身分があり、厳然とした身分間差異が存在したことを知っておくべきであろう。単に士農工商で済ませられるのは受験科目としての歴史においてのみである。

首謀者三人は、若さ故の勢いはあったろうが、「島抜け」という大事を成功させるとなると、技量や決断力、統率力といった面で安五郎の経験に裏打ちされたリーダーシップを必要としたのであろう。

この「島抜け」の見事さは、その端緒に既に表われている。何と三人は、島役人に書置きを残したのである。「島抜け」という大罪を犯す罪人の、島役人、つまりは「お上」に対する挑戦状である。「書置申一札之事」と題されたこの書状は、

「私共義去年四月十五日より此度之一件相談合きまり〜」

と書き出し、安五郎に相談して賛同を得たこと、造酒蔵たちを連れて行くことなどを告げ、

「〜右之趣如斯《かくのごとき》ニ御座候

六月今晩　丑五郎　貞蔵　角蔵

嶋役人（殿）」


と結んでいる。

平成のヤクザとのインテリジェンスの差を感じざるを得ないが、中で通告されていることは無宿渡世の者らしい内容である。

要約すると、「島の百姓は、島抜けに必要となれば手当たり次第に人足として使うので承知さ

れたい。また、市郎左衛門と弥次右衛門という者は、これまで我々流人に対して、身分も弁《わきま》えず不届きな行為が目にあまり、我慢の限界を超えたので見せしめとして討ち果たしていく。更に、抜船の相談をしてきたので、中には訴え出る者が間々あるものなので、そういう者も討ち果たしていく。お手数をお掛けするが、死体の後始末をよろしく」

というものである。

七人は、まず名主前田吉兵衛宅を襲った。目的は、鉄砲である。新島は韮山《にらやま》代官の支配下にあるが、島には代官所の手付も手代も、本庁に当たる勘定奉行の配下もいない。つまり、島に武士は一人もいない。治安維持上の非常時に備え、神主前田家と名主前田家に鉄砲が下げ渡されていたのだ。

七人は、名主前田吉兵衛を殺害。備え鉄砲二丁を手に入れ、島民市郎左衛門と喜兵衛を拉致《らち》。浜で源兵衛の持ち船を奪って、この船の船子であった拉致した二人にこれを操船させ、伊豆網《あ》代《じろ》方面へ向けて島を脱出した。すべてが計画的であった。

それにしても、伊豆へ向かう、それも網代へ向かうとは、捕縛されに行くようなもので、大胆不敵としか言いようがない。そこは、韮山代官所のお膝元である。

新島の島役人が追跡のための「追船」を出したのは、翌六月九日。この日、ペリーが久里浜に上陸した。

私は、この点、つまり、島抜けのタイミングが妙に気にかかるのだ。

調べてみたら、島流しにあった流人が、御法度の「島抜け」を命がけで試みたことは、安五郎たちの事例が唯一のものではなかった。国立歴史民俗博物館名誉教授高橋敏氏によれば、新島だけで十九件発生している。延べ挑戦者数は七十八名。十九件中、本土まで逃げ延びた事例は三件のみ。本土まで逃げることに成功したことを以て「島抜け」の成功とするならば、成功率は15・8%である。やはり、かなり厳しい成功率である。

しかし、島は抜けたとしても、殆ど皆、本土で捕縛されるか、追い詰められて自決している。本土で捕まった場合、市中引き回しの上、獄門晒《さら》し首となる（一部、行方不明のままの事例がある）。

ところが、武居村無宿安五郎たちは違った。網代に上陸し、捕縛されなかったのである。

安五郎たち七人は、漁船を奪い、キャリアのある水主《かこ》二人を人質にとって操船させ、網代に向かったのである。網代屏風岩辺りに着岸した時、小田原藩の御用船が通りかかり、人質の市郎左衛門と喜兵衛が海に飛び込んで逃走、御用船に「島抜け」を訴えたのだが、小田原藩役人は念入りな探索をすることなく下田に向かって去っていった。脱出した二人は、韮山代官所の吟味を受けた後、二ヶ月近く経ってようやく新島へ戻った。

安五郎＝「ども安」とは、私どもが少年時代に観ていた映画では常に清水の次郎長に敵対する「悪もん」であった。黒駒の勝蔵と共に、いつも如何にもという凶悪な人相をした役者（敢えて名前は伏せる）が演じていたものである。

この「島抜け」の時点で、安五郎は数え四十二歳であったと伝わる。極道《ごくどう》として脂の乗り切った年齢であったと言えよう。この後の消息を先に述べれば、七人は網代屏風岩、または近くの山中で別れ、別々に逃走を図ったはずである。しかし、源次郎、造酒蔵、貞蔵の三人が召捕らえられ、処刑された。その他三人が行方不明である。そして、安五郎は、無事甲州武居村に舞い戻り、黒駒の勝蔵たちを配下として、侠客として以前にも増して博徒の世界では名を挙げていったのである。

妙な話である。如何《いか》に幕末近くとはいえ、江戸幕府の支配体制はまだまだ健在のはずである。既に露見した犯罪の首謀者が、何故のうのうと生き永らえることができたのか。益《ま》して、「島抜け」は天下の大罪である。江戸期の管理体制とは、こういうことを決して見逃したりはしない。今の検察や警察とは違うのだ。

時は嘉永六（1853）年である。そうなのだ、既述した通り、嘉永六年六月三日、ペリー率いる黒船四艘が城ケ島沖合いに来航したのである。安五郎たちが「島抜け」を敢行したのが八日の夜。翌九日、ペリーは久里浜に上陸した。新島の島役人が安五郎の流人小屋を家宅捜索したのがようやく十二日のことである。

幕府は、ペリーの来航を、情報としてはかなり前から掴《つか》んでいた。従って、来航そのものは驚くに値しないのだが、いざそれが目の前に出現すると、やはりそれなりの対応を迫られる。安五郎たちが網代に辿り着いた時、小田原藩の御用船が通り過ぎたが、この役船は幕命によって下田へ急行する途中であった。人質の市郎左衛門と喜兵衛の訴えに付き合っている暇がなかったのである。

この時点で、伊豆沖や新島近海には黒船を監視する幕府の艦や諸藩の御用船がウロウロしていたのだ。その渦中に決行された「島抜け」。しかし、如何に海岸線が騒然としていたとしても、伊豆韮山代官所が七人を即座に指名手配し、持ち前のその警察力を総動員すれば全員忽ちにして捕縛されたはずである。

韮山代官とは、凄腕《すごうで》で天下に知られた、かの江川太郎左衛門英龍《ひでたつ》である。ところが、この時、韮山代官は「島抜け」で動くことはなかった。それは、代官が江川だったからだと言ってもいいのではないか。

後述するが、幕府の黒船対応に江川は欠かせない人物であった。つまり、韮山代官所は「島抜け」どころではなかったのである。

では、安五郎は黒船の来航を知って、同じタイミングで「島抜け」を敢行したのか。昨今の明治維新類書ブームの作者なら、飛びつく話ではないか。直ぐ、壮大な〝ありもしない幕末ミステリー〟を書き上げるに違いない。

さすがに、それはうがち過ぎというものであろう。偶然であったとしか思えない。しかし……。

新島の島役人が安五郎の小屋から押収した品物のリストが記録に残っている。

どてら　一つ
小鍋　三つ
銭箱　一つ
黒砂糖　一桶
むしろ　二枚
徳利　二つ
擂鉢《すりばち》　一つ
茶呑茶碗　五つ
屏風　一枚
たらい　一つ

等々であった。そして、何と書籍が九冊。

これも既述した通り、安五郎の実家中村家は百姓身分とはいえ、名主はもとより郡中取締まで務める名家である。村内の争論《そうろん》はもとより、隣村との間の「相論《そうろん》」においても常に武居村をリードする立場にあった。安五郎自身も、兄に協力して訴訟のため江戸まで出向いたことさえあった。

つまり、家としては中村家というのは教養人である。教養人にならねば、中村家の人間は村のリーダーとしての立場を維持していくことはできなかったのだ。江戸期庶民（百姓・町人）のリテラシーの高さは、同時期のヨーロッパ各国の比ではない。

同時に、村と村の「相論」を乗り越えていくには、力も必要となる。武力である。ここに、安五郎が後世「侠客」として名を残し、また「無宿人」として島流しとなるに至った環境要因としての背景がある。従って、安五郎の流人小屋に書籍が残されていたとしても、決して不思議なことではないのだ。

安五郎は、代官所手代や八州廻りクラスと同程度の知識・情報レベルをもっていた人物であるとみるべきなのだ。これまでの時代劇の安五郎の描き方は、博徒とはいえ安五郎に失礼であると言ってもいい。もし彼が江戸にいれば、いや、甲州でも捕縛されずに武居村のリーダーとして無事であったなら、黒船が来航するような日本を取り巻く国際情勢の一端は認識していたのではないか。

しかし、現実にペリーが来航した時、安五郎は島に流されていた……。やはり、安五郎の「島抜け」とペリーの来航の時期が一致し、そのことが「島抜け」成功の要因となったのは、あくまで偶然の一致なのか……。

しかし、まだ奇妙なことがある。

安五郎が網代を目指し、網代に上陸したのは決して偶然ではないはずだ。伊豆間宮《まみや》村には伊豆の大物博徒森久八がいる。そう、間宮の久八である。伊豆・駿河を縄張りとし、富士川の水運権益を握る、安五郎の兄弟分である。

この二人は、かつて韮山代官に捕らえられたことがあり、韮山代官所も二人の関係を把握している。縄張りが隣接していることもあって、間宮の久八なら安五郎を甲州へ逃走させることは十分可能である。安五郎が久八を頼ったことは明々白々であり、韮山代官所のお膝元とはいえ、網代から天城越えを敢行して北上すれば間宮へ抜けることができるのだ。

黒船来航で代官江川太郎左衛門英龍は一気に幕府内で重みを増し、彼には東奔西走する日々が襲ってきていた。しかし、それを差し引いても、久八の在所で待ち伏せていれば、「島抜け」の大罪人武居の安五郎は容易に網にかかるはずであった。

ところが、韮山代官所はそれを行ってはいない。韮山代官所は、安五郎を匿《かくま》い、甲州へ逃がそうとする間宮の久八の行動に、敢えて目を瞑《つむ》ったのではないかとの疑念が湧く。

間宮の久八は、「大場《だいば》の久八」とも呼ばれる。「大場」とは「台場」のことである。つまり、黒船来航に備え、急遽造成された江戸湾を取り囲む「台場の建設に活躍した久八」という意味である。

台場建設と博徒の関係。ここに一つの重大なヒントがあると指摘するのが、前述の国立歴史民俗博物館名誉教授高橋敏氏である。

この指摘を裏付けるもう一人の大物博徒がいる。甲州境村名主でありながら政商といってもいい大物侠客天野海蔵である。天野海蔵は、安五郎とは旧知の仲、間宮の久八は海蔵の弟分である。

そして、何より難地の御料所甲州谷村を陣屋を構えてまで支配し「世直し江川大明神」と称《たた》えられた韮山代官江川太郎左衛門英龍というやり手の実務官僚は、支配地仕置に土地の侠客天野海蔵を手足として使っていたのである。こういうことは、十分な人手を与えられないすべての代官によくあることで、今日で言う「癒着」とは少し趣が異なることに注意しておかなければならない。

天野海蔵と江川英龍の持ちつ持たれつの関係、天野海蔵・間宮の久八・武居の安五郎のトライアングル。このように考えると、韮山代官が敢えて間宮の久八、天野海蔵が安五郎を甲州へ逃がそうとすることに目を瞑ったとしても決して不思議ではない。

東京電力は、福島原発事故の収拾に際し、その作業員集めを東京山谷《さんや》や大阪釜ヶ崎でも展開した。勿論、東京電力が直接手を染めることはしない。蛇《じゃ》の道は蛇《へび》と言う。

幕府の緊急施策である台場の造成も同じであった。何としても翌春、ペリーが再び来航するまでに十一ヶ所の台場を突貫工事で埋め立て、完成させる必要があったのだ。

田中角栄の例を出すまでもなく、いつの世も、土建と政治は密接に繋がるものなのだ。今や世界に冠たる土建国家日本。正史と稗史がしっかり密着していることもまた、時代を超越していると言えるのではないか。

## 4　韮山代官江川英龍と博徒たち

伊豆韮山代官所は、江戸期東国の天領を統治するために置かれた役所で、その管轄は伊豆だけにとどまらず、駿河・相模・武蔵・甲斐に及んだ。伊豆諸島がその管轄に組み込まれた時期もある。江戸幕藩体制を支える上で、全国でもっとも重要な代官所であったと言っていい。通常、代官は勘定奉行所から派遣されるが、韮山代官だけは江川家が世襲してこれを務めた。

伊豆国江川家。平安期以来伊豆国江川荘を地盤としてきた清和源氏の名門豪族である。当主は、代々江川太郎左衛門を名乗り、ここで採り上げている幕末四天王と謳《うた》われた江川太郎左衛門英龍は三十六代目に当たる。

早くから海防問題に目覚めた英龍は、自らが学んだ高島流西洋砲術を更に進化させ、反射炉を創り、大砲、鉄砲の製造を行うまでになった。世襲代官とは思えぬ開明派であり、列強の外航船が頻繁に近海に出没するようになって以来、この男は下級官吏でありながら次第にその存在感を増していったのである。

保守派の目付鳥居耀蔵《ようぞう》が英龍や渡辺崋山《かざん》、高野長英《ちょうえい》らを抹殺するためにでっち上げた「蛮社《ばんしゃ》の獄《ごく》」で失脚しそうになったが、英龍の能力を高く評価する老中水野忠邦に救われ、西洋砲術の普及に力を入れ、彼の死後も引き継がれた韮山代官所の指導は、後に「江川砲兵塾」と通称され、ここで学んだ者は、木戸孝允（桂小五郎）、大鳥圭介、佐久間象山《しょうざん》、大山巌《いわお》など倒幕派、佐幕派の別なく、戊辰戦争を戦った砲術指揮官は殆どこの塾の出身者である。拙著『明治維新という過ち』（毎日ワンズ・講談社）で述べた二本松少年隊を率いた木村銃太郎もその一人であった。

江川英龍は多才な男で、砲術以外にも蘭学に通じ、市河米庵から書を、谷文晁《ぶんちょう》から絵画を、岡田十松《じゅうまつ》（神道無念流）から剣を学んでいる。剣は、神道無念流免許皆伝であり、後に韮山代官所の手代となった同門の斎藤弥九郎は、江戸三剣客と言われた、あの斎藤である。また、日本で初めてパンを焼いたと言われている。更に、初めて農兵を組織して西洋式軍隊を創設したのも英龍とされており、今日も使われている「回れ！　右！」とか「気を付け！」という号令は英龍が考案したものらしい。

福澤諭吉とは近しく、江川家江戸屋敷跡地は明治になって福澤の慶応義塾に払い下げられたという経緯がある。新撰組土方歳三が西洋式の軍の動かし方に長《た》けていたのは、英龍の影響であるとする研究者もいる。新撰組を生んだ多摩地方は、韮山代官所の管轄である。更に付け加えれば、余り知られていないが、あの中浜万次郎（ジョン万次郎）の幕臣への登用を建議し、自らの手付としている。

安五郎の「島抜け」から四日目の六月十二日、英龍はかねて建議していた反射炉建設を命じられ、その一週間後の十九日には「勘定吟味役格」に抜擢された。

英龍の身辺は、多忙を極めていたはずである。ども安の「島抜け」に関わっていられなかった、特殊なタイミングといえばその通りであったのだ。更に八月になると、勘定奉行松平河内守、同じく川路聖謨《としあきら》、目付堀綾部、勘定奉行吟味役竹内清太郎らと共に「内海御台場御普請并《ならびに》大筒鋳立御用」を命じられた。急遽、江戸湾周りに十一ヶ所の砲台（台場）を建設することになったのだ。

打ち手としての是非はともかく、幕府のこの対応は実にスピーディであったと言えよう。江川英龍たちが下命《かめい》されると同時に、工事の入札まで手際よく行われている。土建屋と政治の癒着は付きものとはいえ、東日本大震災から一年経っても瓦礫《がれき》の処理さえできなかった当時の民主党政権の無能とは雲泥の差である。総工費七十五万両。このうちの一割が埋め立てのみに使われるという予算組みであった。幕府の財政を揺るがす規模の出費だが、翌春ペリーが再びやってくるまでに突貫工事で完成させなければならなかったのだ。実際の効果もさることながら、外交交渉にとって必要な背景環境を整えるという意味もあったに違いない。

石や土砂の建築資材の調達をどうするのか。忽ち、難題が立ち塞がる。更に、五千人と見込まれた土工、石工、人足をどうやって集めるのか。五千人の人足の動員となると、当代きってのエリート川路聖謨にも、彼がエリートであるが故に難しい。事は、国家危急の一大事である。となれば、実務官僚江川英龍がやるしかないのだ。

ここで、甲州境村の天野海蔵が登場する。江川は、かねてより近しい天野海蔵に頼った。しかし、この事業は天野海蔵にとっても期限を考えるとかなりの難題であり、海蔵は間宮の久八を引っ張り込んだのである。五千人の人足の差配まで考えると、海蔵・久八は、武居の安五郎をも引っ張り込みたいところであったろうが、「島抜け」直後の人間を天下を揺るがすほどの大土木工事に使うわけにはいかなかったに違いない。この時点で、久八自身が「中追放」されていた身である。つまり、武蔵・山城・摂津・和泉・甲斐・駿河などに立ち入ることができない。いってみれば、刑に服している身であったのだ。紙幅があれば多少詳しく触れたいところだが、この処分も実は不自然で、奇妙なのだ。

平成に起きた未曾有の原発事故の後処理にも、山谷や釜ヶ崎から送り込まれた作業員が奮闘していた。この嘉永六（1853）年にも、江戸築城工事以来という国家的一大土木事業が行われようとしており、それにはヤクザであろうと何であろうと、とにかく誰の手を借りてでもこれをやり遂げなければならなかったのだ。

なお、この一年後、安政大地震が発生し、伊豆は大津波に襲われ、下田全域が壊滅した。津波を伴う国難、西では国際関係の実態も知らず「攘夷」を叫ぶ勢力が台頭している……時代がどことなく似ている。

韮山代官所の手代たちには、結構猛者《もさ》が多い。珍しい代官所である。彼らのうちの誰かが、間宮の久八と通じていた可能性は高い。そして、いざという時のためのその関係は、台場建設という国家プロジェクト遂行に当たって有効に機能した。安五郎の「島抜け」を知っても、安五郎が間宮の久八を頼ることが分かっていても、天野海蔵を必要とする韮山代官所はこれを放置した、というのが真相ではないかと考えられるのだ。

稗史というものも、正史との関係を見極めればまんざら無駄ではないのである。むしろ、正史を補う側面があることを無視することはできないのではないか。

## 5　無宿渡世の御一新

もう少し韮山代官所と無宿渡世の話を続けたい。

韮山代官江川太郎左衛門英龍の手代たちは、反射炉建設と台場の建造、二手に分かれて奔走した。松岡正平、山田熊蔵たちが伊豆で反射炉の建設に当たり、柏木忠俊、矢田部卿雲たちが台場の建造に当たったと言われる。韮山代官所は、総出で海防実務にかかりっきりとなったのである。代官所の仕事としては異例のことが多いが、それは江川英龍という人物が代官であったからであって、幕府は韮山代官所ではなく江川英龍を必要としたということであろう。

江戸幕府は、最終的に十九世紀の半ばを過ぎた頃（1868年）終焉を迎えるが、十九世紀に入った頃から、即ち、和暦でいえば寛政の終わり頃、文化年間に入った頃からタガが緩み始め、関東では無宿者が増え、幕府はその対策に頭を痛めていた。「水論」「山論」などをはじめとする村と村の争いにも彼らが介入する、或いは主役となるケースも増えたのである。

無宿者が徒党を組んだ形が、私どもが映画などで親しんできた「清水の次郎長一家」のような親分と子分から成る「ヤクザ」「侠客」の集団だと考えればいい。「おひけえなすって。手前生国《しょうごく》は～」などといって「仁義を切る」とか、「一宿一飯《いっしゅくいっぱん》の恩義」などと、その生態はずいぶんと戯曲化されて伝わってきたわけだが、あれも多くは長谷川伸の創作であるとされる。ただ、無宿渡世の者の間では、その原型となる独特の作法や約束事が存在したことは確かなようだ。

いずれにしても、彼らは無法者とみなされ、アウトローであった。心優しいアウトローも中にはいたかも知れないが、それは殆どフィクションの世界だけのことであって、現実の彼らは凶暴な武闘派であり、体制（お上）への反逆を一つの太い渡世の軸にしていたのだ。ここに、後に彼らが倒幕派に通じる一つの基盤としてのキャラクターがあった。

文化二（1805）年、幕府は百姓の武芸を禁止した。百姓が剣術などを覚えるから、彼らが無宿人となった時手がつけられなくなり、治安が悪化するというのだ。

余談ながら、この禁令は余り徹底されていなかったようだ。近藤勇や土方歳三を生んだ多摩地方では、八王子千人同心の地であるという伝統的な心情もあって、その後も百姓が撃剣《げきけん》の稽古に励むことは普通に行われていた。それがなければ、あのような新撰組は生まれていなかったであろう。

同時に、幕府は「関東取締出役《しゅつやく》」を置いた。俗にいう「八州廻り」のことである。組織的には、勘定奉行配下となる。関八州を対象エリアとし、天領・大名領の区別なく巡回し、広域的な犯罪の取り締まり、治安の維持に当たる役割である。その権力行使が及ばないのは御三家の一つ、水戸藩領だけであった。

時代小説や映画などでは、「八州廻り」といえば絶大な警察権をもち、威風堂々とした感があるが、これこそ歴史の「虚」の最たるものの一つで、実態はそのような頼りになる存在ではなかった。基本的に、武闘派である無宿渡世の集団に対して弱腰であり、最前線に立って彼らを取り締まるという迫力は微塵《みじん》もなかった。

幕府もいい加減なもので、大きな権力だけは彼らに与え、図に乗った彼らは本来上級武士にしか許されない駕籠に乗って小者を引き連れて廻村するという様《さま》であったが、身分は「足軽」にも及ばない「足軽格」であった。

というのも、幕府は「八州廻り」を代官所の手代や手付から任命したのである。「五条代官所」について書いたことがあるが、手代の中には御家人もいたが、手付となると殆ど地元の百姓出身、つまり、現地採用である。最下層の無宿人の取り締まりは同じ下層の者にやらせるという、為政者が常に使う手であるが、こういうことで実効が上がるはずがない。

無宿人に対して常に及び腰の「八州廻り」は、その任務を遂行するに際しては「道案内」(目明し)を使った。これは、町方でいう「岡っ引」(上方では「手先」「口問い」)と同じである。強いていえば、「道案内」が一応「任命」された者であるのに対して、「岡っ引」はどこまでも非公認の存在であるという点であるが、どちらもお縄にしようとする犯罪者と殆ど同類という点では余り変わらない。

無宿人が山に籠ったとなると、最前線に立って山狩りを指揮するのは「道案内」であり、肝心の「八州廻り」は後方の旅籠に籠っているというのが大概の図式であった。このあたりは、日露戦争・二百三高地攻略時の乃木希典《まれすけ》の前線司令部と似ている。後方に陣取り、図面だけ眺めて画一的な戦法に固執した乃木司令部を、思い切り前線へ引っ張り出したのは、督戦《とくせん》に出向いてきた児玉源太郎である。尤も、この時は乃木の参謀たちが「無能なエリート集団」であったことも原因している。

それはさておき、実際に山に籠って「八州廻り」を向こうに回して公儀に歯向かった博徒がいる。下総万歳村無宿勢力富五郎（柴田佐助）である。世にいう「嘉永二年勢力騒動」の張本人である。

富五郎が公然と公儀に歯向かうに至ったのには、それなりの背景要因が横たわっているが、直接的には飯岡の助五郎との対立である。「天保水滸伝《すいこでん》」としてお馴染みの、この利根川下流域においては、永年飯岡の助五郎と笹川の繁蔵との間に抗争が絶えず、事あるごとに「出入り」が繰り返されていた。両者とも私どもが少年時代に親しんだ股旅映画に登場するお馴染みの悪役であり、その抗争も私どもは東映映画というエンターテインメントを通じて幼い頃から知っていたお話である。

ところが、映画では描かれないが、そもそもこれを取り締まるべき「八州廻り」が、この地においては「ヤクザ」以上の無法者といってもいい存在であったのだ。警察権を楯に賄賂は要求する、無銭飲食は当たり前、果ては女を要求するといった按配《あんばい》で、とても行政官とは言えなかったのである。

実は、江戸期の御料地（天領）の代官に〝悪代官〟というのはまずいなかった。殆どの代官は優秀な行政官であり、教養人でもあった。定型化された〝悪代官〟像というものは、無知な脚本家による時代劇の産物であるか、或いは、この種の「八州廻り」の実態が代官と混同されて後世に伝わったのではないかとも考えられる。

勢力富五郎は、笹川の繁蔵の一の子分であったが、敵対する飯岡の助五郎は何と無法の限りを尽くしていた「八州廻り」の「道案内」を務めていたのである。要するに「二足の草鞋《わらじ》」を履いていたという、こういうヤクザの抗争が絶えないエリアによくある話なのだ。

つまり、繁蔵・富五郎にとっては、助五郎＝「八州廻り」と映り、更に言えば、彼らは地方の人びとを痛めつける「お上」の手先そのものであったのだ。

いつの世も、下っ端小役人の不正や悪行は政府権力の権威を失墜させるものである。「道案内」助五郎が笹川の繁蔵を殺害するに至って、富五郎の怒りが爆発した。

富五郎は子分を掻き集め、武器を揃えて公然と「お上」に歯向かったのである。この時手許に集めた武器は、長脇差《ながどす》や太刀にとどまらず、槍は言うに及ばず鉄砲までも含まれていた。これを捕縛するため出動した「八州廻り」は、定席八名という体制にも拘らず、斎藤畝四郎、大熊佐助、中山誠一郎ら何と五名、更に彼らは関八州全域から「道案内」や「岡っ引」などの配下五百〜六百名を動員、更に加えて山に籠った富五郎一味の山狩りのために周辺七十六ヶ村（改革組合）から千名強の人足を徴発した。片や富五郎一味は、二十名に満たないのだ。

富五郎たちは、容易には捕まらなかった。土地の者は皆、「八州廻り」を、即ち「公儀」を自分たちの庇護者であるとは感じていなかったのだ。いってみれば皆、勢力一味のシンパであったのだ。アフガニスタンにおいてアメリカ軍の必死の掃討作戦にも拘らず、タリバーンがなお健在であることと全く同じ状況だと考えれば分かり易いであろう。

多勢に無勢でありながら理不尽な「お上」に敢然と武器をとって立ち上がった勢力富五郎はヒーローであり、これぞ任侠の道に生きる男伊達《だて》であったのだ。富五郎は、そういう村々の人びとの有形無形の支援を受けて、なかなか捕まらなかったのである。その間「八州廻り」はといえば、主力は笹川河岸に近い本陣にとどまり、万歳村まで出っ張っていった者も宿に籠ったままであった。

要するに、彼らは富五郎一味の鉄砲が怖かったのである。実際に前線に出て、この大捕物を指揮したのは、隣国とも言うべき土浦から呼び寄せられた「道案内」内田佐左衛門であった。蛇の道はヘビ、毒を以て毒を制すということであろうが、「関東取締出役」（「八州廻り」）とはそれほどものの役に立たない連中であったのだ。

最終的に、勢力富五郎は追い詰められて金毘羅山に籠った。この時点でつき従う子分は、栄助という者唯一人。追い詰める「道案内」佐左衛門の手下源助が鉄砲に撃たれて〝殉職〟した。勃発から五十数日、富五郎と栄助は「八州廻り」の手にかかるくらいならと、鉄砲による自害を選んだ。侠客勢力富五郎は、数え二十八歳の若さで憤死したのである。

同じ頃、武州石原村無宿幸次郎が、東海道を股にかけてダイナミックに暴れ回っていた。

この幸次郎の騒動が鎮圧された頃、国定忠治が中風で倒れ、捕縛されている。勢力富五郎や国定忠治は、後世庶民の間でヒーローとなったわけであるが、石原村無宿幸次郎は、稗史の上でも彗星の如く登場し、瞬《また》く間に走り去ったような存在で、人びとの記憶にも残らなかった無宿渡世の英雄である。余りにも瞬間的な流れ星のような、一瞬のヒーローであった。

任侠時代劇に親しんだ私どもも記憶になく、あれだけ製作された東映・大映の股旅映画にも登場していないのではないか。しかし、この男の暴れっぷりは実にダイナミックで、海路、伊勢松坂まで赴き、半兵衛という松坂の博徒を襲撃して殺害、これが半兵衛の盟友伊勢古市の博徒伝兵衛VS関東の田中村無宿岩五郎・石原村無宿幸次郎の派手な出入りに発展、伊勢の伝兵衛サイドには伊豆の間宮の久八がついた。

この一件でも、韮山代官所は間宮の久八を「取り逃がしている」のである。台場の建造に間宮の久八が参加するのは、その四年後のことである。韮山代官所と間宮の久八との間には、表向きには見えない何らかの繋がりがありそうなのだ。

とはいえ、無宿渡世に対して「八州廻り」が常に及び腰であったのに比べ、韮山代官所だけは全く違っていた。この代官所だけは、例外的に無宿人、博徒に対して強硬に鎮圧するというスタンスを採った。これは、代官江川英龍のスタンスをそのまま反映したものであり、その先頭に立っていたのが手代柏木忠俊である。

東海道を荒らし回った石原村幸次郎の別働隊一味が、韮山代官所支配地で源兵衛という博徒を襲撃したとの報に接し、柏木たちは三島に急行した。この時の柏木隊は、小者を含めても総勢七名に過ぎなかったが、自前で開発したドントル筒（新式連発銃）を備えていた。勢力富五郎がそうであったように、この頃博徒一味の多くは鉄砲を保有しており、勿論、このことはご禁制であったが、アウトローたちの武備は幕府統治を揺るがしかねないほど先鋭化していたのである。

外国船の襲来という外患に備える必要性を説く江川英龍は、膨れ上がる無宿人たちに脅かされる治安問題について、内憂が外患と結びつくことを恐れていたとされる。外夷であれ国内の無宿人であれ、幕府統治に反逆するものは断固武力で鎮圧するというのが江川の基本的なスタンスであり、この男は実にシンプルに腹を据えていたと言える。情動的な水戸藩や水戸学にかぶれた輩《やから》と違うのは、矢田部卿雲というような洋学者を手代に組み込み、己のスタンスを維持する力（技術力）を自前で養って実用化していたことである。

柏木忠俊一隊は、御殿場で幸次郎一味の一部と遭遇、二人を召捕った。更に、三人が茶屋で休んでいるところへ踏み込んだのである。柏木自身が先頭に立って斬り込むあたりは、如何にも韮山代官所の手代らしく、とても「八州廻り」には真似のできない腹の据わり方である。激闘となったが、重傷を負った一人を捕縛、一人を射殺し（即死）、一人だけを取り逃がした。

幕末の無宿渡世人は、武備を整え、斯様《かよう》に凶暴化していたのである。取り締まる「お上」サイドも、命懸けで立ち向かわなければ彼らを捕縛することはできなかったのだ。弱腰の「八州廻り」では、幸次郎一味をここまで叩くことなど、とてもできなかったであろう。

ところが、強硬派韮山代官所が公儀の威信をかけてドントル筒まで持ち出して鎮圧にかかったにしては、この騒動の最終的な始末もやはり妙なのだ。

前述した通り、この騒動は石原村無宿幸次郎・田中村無宿岩五郎連合と、伊勢古市の伝兵衛・伊豆間宮の久八連合との喧嘩出入りである。当然、韮山代官所は双方を壊滅させなければならない。事は、ヤクザ同士の喧嘩出入りである。双方の言い分を聞いて、裁きという手続きを経て、なんてことはやらない。こういうケースで、どちらも人を殺していないなどということはあり得ないのだ。喧嘩両成敗の原則を持ち出すまでもなく、喧嘩出入りは双方を召捕り、歯向かえば斬り、召捕れば少なくとも首謀者は斬首、殆どの場合、獄門晒《ごくもんさら》し首である。この時も、石原村無宿幸次郎をはじめ、十名以上が死罪となっており、幸次郎は獄門晒し首となった。多数の者を、それが同業の博徒とはいえ次々と殺害した広域武装博徒の親分に対する処分としては当然であろう。

このように、無宿渡世の者や博徒、所謂〝悪党〟と言われた者たちに対して、その役割通り決して怯《ひる》まず、強硬に取り締まった韮山代官所が、間宮の久八に対してのみは型通りの追及だけは行ったものの、これをとことん追い詰め捕縛するということはなかったのだ。韮山代官所の力（武力と強面《こわもて》の手代たち）を以てすれば、またその意志さえあれば決して不可能なことではなかったはずである。その〝実績〟からすれば、そう考えるのが自然であろう。

新島の名主を殺害し、武器（鉄砲）、舟を強奪して「島抜け」という命を賭けた大博打とも言うべき犯行を決行した「ども安」こと武居の安五郎は、そういう久八を頼ったのである。そして、甲州博徒天野海蔵とこの久八が、安五郎を無事に甲州武居村へ帰還させたはずである。

台場建造を急ぐ江戸は、土建バブルとも言うべき高揚した喧騒に包まれたという。私の知人は、曾祖父からこの時の話をよく聞かされたというが、運搬用の牛が溢れ、品川から高輪、銀座から新富界隈は人足目当ての遊女も溢れ、大変な活況を呈したらしい。これらの石材をはじめとする資材や人足たちは、天野海蔵が間宮の久八の協力を得て、台場建設の突貫工事のために集めたものだったのだ。

幕末の無宿渡世の無法者たちは、関東一円から伊勢・畿内に至るまで広範なエリアにまたがるネットワークを築いていた。伊豆韮山代官所は、幕臣のみならず各藩の人材に近代砲術を指導しながら、表向き無宿渡世の無法者を強硬に取り締まりながら、必要な裏の力のみを取り締まりの手の指から水を取りこぼすようにして生き永らえさせ、表向きの組織では不可能な国家事業に彼らの力を利用したのである。彼らは、どこまでも裏面史の中のヒーローであり、幕末維新史に彼らの名が登場することはない。

しかし、「島抜け」を成功させてハクを付けた武居の安五郎の一の子分黒駒の勝蔵が、西郷隆盛の組織したテロ集団である、あの「赤報隊」のリーダーの一人として意気揚々と東征軍の趣で進軍してきたことを知る人は少ないのではないか。土佐藩吉田東洋を暗殺した土佐勤皇党那須信吾と甲州無宿の繋がりも、維新史の裏面に見え隠れする。「赤報隊」の黒駒の勝蔵のことを追求していけば、それだけでまた一つの書き物が必要となるだろうが、歴史上の事実は、書かれなかったら存在しないということであろう。

## 6　米とサムライ

人別帳を外された無宿人の殆どは、百姓身分であったが、改めて言うまでもなく、武士のルーツも百姓である。農耕民族である大和民族は、殆ど例外なくそのルーツとなれば、農耕民、即ち、百姓である。

司馬遼太郎氏は、『街道をゆく』シリーズの中で次のように簡潔に表現している。

――われわれが持続してきた文化というのは弥生式時代に出発して室町で開花し、江戸期で固定して、明治後、崩壊をつづけ、昭和四十年前後にほぼほろびた。――（『南伊予・西土佐の道』朝日新聞社）

私は、司馬氏の明治維新至上主義を強く否定しているが、それでも常に「司馬氏に対する〝智の巨人〟としての尊崇の念が揺らぐことはない」と述べるのは、右の、句読点を含めても僅か七十文字に凝縮された歴史認識の髄に微塵の迷いもなく納得するからである。

逆に、私が明治維新に対する賛美を否定するのも、この七十文字の見方こそが現代をも支配している官軍教育による歴史観を打破する正当な歴史の読み方であると信じているからに他ならない。

つまり、弥生式時代に出発したという私たちの文化とは、弥生式時代に始まった農耕が成立させた文化であるという意味である。即ち、私たち大和人は農耕によって定住生活を始めたことによって、欧米人のルーツである狩猟民族とは全く異なった、大和人特有の文化発展を成功させたと言えるのだ。

平たく言えば、私たちの文化は百姓文化と言えるわけで、それは人類史の上でも顕著に高度な、文明の域に達したものであると誇っていいものであろう。

それにしても、百姓から生まれた武士という人種が、世界史的にみても普遍性のある精神文化を築き上げ、これを連綿と継承してきたという事実は、今の私たちのあり方を考える上で大きな意味をもっている。

周知の通り、武家が政権を担った時代は、おおよそ七百年続いた。公式には、明治二（1869）年の版籍奉還と同四（1871）年の廃藩置県を以て終わったことになる。明治という、「近代」と呼ばれている時代を迎えようとする幕末の動乱時にも、武家を「廃業」して百姓に戻る者がいたが、それを「帰農」すると表現した。「帰農」という単語が一般化していたわけではなく、文脈の中でそういう表現をしたということだが、要は、幕末の頃でも武士自身に自分たちのルーツが百姓であるという認識が生きていたということである。

先に述べたが、近年「言葉狩り」と言われるほど日本語の使用について制約が強まっているが、かつての軍部による言論統制以上にメディアによる規制が厳しいのである。日本の新聞社は、「百姓」という言葉を差別語だとする。私には、その根拠が分からない。ここ十年、二十年でどれほどの味わい深い言葉や風土に根差した単語が殺されていったことか。文化の根源を為す言葉については、この社会は、益々貧困の度合いを増していると言えよう。

そのことは、怒りは収まらないが繰り返さない。

サムライ社会は米を基軸として成り立っていた。彼らの俸給は、何百石とか何千石というように米で表わされたことは周知の通りである。

これは、石高制と呼ばれるが、明治になって地租改正が行われるまで続いたのである。戦国期や江戸期に貨幣経済が存在しなかったわけではないが、大名や武士の身分、身代《しんだい》が石高で表わされるということは、米が貨幣価値の裏づけを行っていたようなものであり、表現を換えれば「米本位制」で社会が成り立っていたと言ってもいいだろう。現実に各藩は、主に大坂に蔵屋敷を持ち、年貢米は先ず蔵屋敷へ運ばれた。そして、蔵屋敷から全国へ流通していったのである。

このことは、年貢として徴収された米が蔵屋敷を通過した時点で、食糧という「商品」に変換されたことを意味する。つまり、蔵屋敷は、社会の基軸価値である米を商品へと変える変換器であったともいえるのだ。

今は、米もキログラムという西洋の単位で流通し、スーパーでは五キロ単位の袋で売られることが主流となった。コンビニになると、二キロ単位が多くなる。

世界に冠たる米民族であった日本人も、戦後の占領軍教育のお蔭で尺貫法という民族固有の物差し（単位）を積極的に放棄したが、そもそも「石」とは尺貫法における容積、容量の単位である。一石＝十斗、一斗＝十升、一升＝十合といっても、それを具体的なイメージで再現できるのは、せいぜい私のような年齢で、それも田舎育ちの人間に限られるであろう。

私の少年時代、農家においては一俵《いっぴょう》がもっとも強く意識する単位であった。一俵とは、少し前の話になるが、小泉元首相が引き合いに出したあの「米百俵」の「俵」のことで、文字通り米俵《こめだわら》一個を指す。

では、一俵は「石」や「斗」で表わせばどうなるのか。平安時代中期に成立した「延喜式《えんぎしき》」では、五斗と規定されている。ところが、その頃の一斗や一合は現在のそれとは量が異なるので、注意を要する。私の少年時代の記憶に拠れば、一俵は四斗であり、その重さは六十キロであった。

「俵」という文字が人偏でできていることに繋がるが、元々「俵」とは、標準的な人間が運び切ることのできる荷物の重さから成立したとされている。六十キロとなると、これを肩まで持ち上げることも容易ではないが、これも先に述べたように、私の少年時代には小学校六年生から中学生になった頃にはそれをできることが一人前とされ、私も六年生になってはじめて米俵一俵を肩まで持ち上げることができるようになった。

室町期に発したとされる我が国固有の文化は、江戸期に精緻に完成、成熟するが、この時期に貨幣経済も大いに発達した。しかし、実態が「米本位制」であったことは述べた通りである。

江戸末期に薩摩と共に幕府を倒した長州藩（萩藩）は三十七万石であった。これは「表高」であって、「内高」は七十三万石と言われた。名目は三十七万石だが実質は七十三万石ということであり、実質が名目のほぼ二倍であったということだ。これは、長州毛利家が、「関ヶ原」で敗れて周防《すおう》・長門《ながと》三十七万石に押し込められて以来というもの、せっせと干拓事業を行い、耕作地を増やした成果であった。

大名の石高というものは、身代、即ち経済力を表わすと共に、実は軍事力をも表わすことを忘れてはならない。徳川政権における各大名は、一万石につき約二百名の軍勢を動員する義務を負っていた。今日の言葉でいう非戦闘員も含む、この二百名の構成については省略するが、とにかく有事に際して一万石当たり二百名を動員することは、領国を与えられた時の前提条件なのである。

例えば、三十五万石の譜代筆頭彦根藩井伊家は、七千名という人数を動員する義務を負っていたのだ。

この時代、大人一人が一年間に食べる米は一石とされた。つまり、一万石なら一万人を養うことができるとされたのである。しかし、一万石すべてを年貢として取り立てるわけにはいかないから、年貢率を勘案し、動員義務としては一万石につき二百名としたのである。

時代が下って明治の後半、陸軍参謀本部は我が国の戦史を詳しく研究した。このことは昭和陸軍にも受け継がれたが、戦国期の兵力計算を行うに当たって陸軍参謀本部は、石高から兵力を割り出した。その基準は、一万石につき二百五十名の動員力がある、というものであった。参謀本部による膨大な戦史は、すべてこの基準に拠っている。

例えば、織田信長の覇権を決定づけた「姉川の合戦」とは、浅井《あざい》・朝倉連合軍と織田・徳川連合軍の、北近江姉川を挟んでの激突であるが、その時点での織田領は尾張・美濃・伊勢から南近江までを合わせて二百四十万石、即ち戦闘動員力は六万人である。同様に、徳川は六十万石、一万五千人、対する北近江浅井家は三十九万石、動員力は九千七百人に過ぎず、同盟した越前朝倉家は八十七万石、二万二千人弱となる。

実際にこの合戦における兵力は、織田・徳川連合軍が二万八千、朝倉は一万弱の援軍を送った。そして、信長の矢面《やおもて》に立った浅井は九千弱を動員して戦った。つまり、この時浅井長政は、総動員態勢で一国の命運を賭けたことが分かるのだ。

米は、完全食品であると言われる。私は栄養学に疎《うと》いから、その方面から米を論じることはできないが、蛋白質は勿論のこと脂肪まで含まれているとなれば、納得せざるを得ない。確かに古い田舎者の実感として、この歳になっても米さえ食べていれば大丈夫だという、妙な安心感がある。

このような米は、食糧であるから人口を左右し、戦国期には動員兵力を左右し、結果的に江戸期においては政治力にも抜き差しならぬ影響を与えたのである。

日本列島の縄文期の人口のピークは二十六万人、末期には八万人にまで減少したとされている。これが、稲作の始まった弥生時代になると増加に転じ、六十万人にまでなった。私たち日本人固有の文化は、この弥生時代に始まったと、司馬氏も言っているのである。

順調に伸びた人口は、平安末期から鎌倉時代にかけて一度減少する。これが再び増勢に転じ、一気に一千万に達したのが戦国を含む室町時代である。この時期、米の大増産が続いたことがその要因である。合戦に明け暮れ、国土も荒れ、人口が減少したということはなく、実態は真逆であった。

日本固有の文化の一つの象徴として「サムライ文化」などと言う。そのサムライは、米を作る農民から発生し、米本位制とも言うべき政治・経済システムの中で独特の精神文化を発育させた。つまり、サムライ文化とは「米文化」に他ならないのだ。

武士道というものが高い精神性を帯びていることと、自然の意思によってのみ存立《そんりつ》すると考えられてきた米という、より多くの人口を養うことのできる食物の存在は、決して無関係ではないことを知っておくべきであろう。

## 7　木村摂津守の場合

斬ったら赤い血の流れる生身の人間の営みの堆積が、私にとっての「歴史」である。この思いが、無宿渡世の博徒たちの生き様をも正史と呼ばれるフィールドへ、同じ価値をもつものとして引っ張り出そうとするのだ。全く同じ意味で、江戸吉原や京都島原の女郎たちの生活にも具《つぶさ》に光を当てるつもりだが、これは残された紙幅次第となるだろう。

その一方で、依然として「武家の佇まい」というものにこだわっている。

私が、所謂「明治維新」について、司馬史観を否定していることについては既にご存じいただいていることであろうが、武家のあり様《よう》を考えるこの種のテーマになると、実は司馬遼太郎氏（以下、同学の先輩に対する畏敬と親愛の気持ちを込めて「司馬さん」と呼ばせていただく）の見解や論に同意とするところが多いのである。以下、司馬さんの論を意識しながら、木村摂津守における武家の佇まいというものを考えてみたい。

幕臣木村芥舟《かいしゅう》、通称木村勘助。官位が摂津守であったところから、木村摂津守として広く知られている。温和な人柄で知られたが、なかなか腹の据わった旗本であった。因縁浅からぬ勝海舟と、号が一字しか違わぬ同じ音であったというのも、それこそ因縁と言うべきか。

この人を「目付」として登用したのは、拙著『明治維新という過ち』で詳しく述べた老中阿部正弘である。この時、木村はまだ二十六歳という若さであったが、昌平坂《しょうへいざか》の先輩格、岩瀬忠《ただ》震《なり》の強力な推薦があったと伝わる。

木村は、直ぐ長崎海軍伝習所の「取締」として長崎に赴任することになる。安政四（1857）年のことであるから、戊辰戦争勃発の十年前のことになる。この長崎時代に、教官のカッティンディーケらと交友関係をもったことが、木村を国際人にしたと言えよう。

長崎海軍伝習所は、木村が赴任する二年ほど前に開設された幕府の海軍士官養成機関であるが、木村が赴任する前はとても教育機関とは言えなかった。学びに来ていたのは、幕臣だけではない。肥前佐賀藩、薩摩藩、津藩、肥後熊本藩、長州萩藩、福山藩などから幅広く遊学生を受け入れていたのだが、学生たちの風紀がすこぶる悪く、彼らは殆ど丸山遊郭に入り浸《びた》るという毎日を過ごしていたのである。

この中には勝海舟もいた。一つには、前例のない幕府機関であったところから、長崎奉行所が彼らをどう扱っていいか分からなかったということもあったようだ。遠慮があったのだ。

　ところが、さすがに木村は旗本、物事の判断基準というものをもっている。風紀の取り締まりを厳しく行った。ただその際、宿舎を拡張したり、所謂待遇改善というか、学ぶ環境の改善に意を配ったのである。操船訓練の海域も随分と広くした。

　勝海舟は、その恩恵を受けて海事知識を得た人間である。ところが、そう感じないところがこの男の器量の劣るところで、それは所詮《しょせん》根が武家ではない勝の限界とみていい。

　徹底した官軍教育を受けてきた私どもの世代は（現在もさほど違わないようだが）、勝が咸臨丸《かんりんまる》を率いて初めて日本人の手で太平洋を横断したという〝偉業〟を、いやというほど叩き込まれている。この咸臨丸の太平洋横断は、江戸城の無血開城と併せて、勝を偉人として崇《あが》める大きな根拠となっていたのである。私どもは、そういう教育を受けてきた。

　実はこのことが史実と大いに違っているのだが、勝海舟好きの司馬さんは、勝の「えぐい」性格を指摘しながらも、

「勝の場合は許されるのです」

　などとわけの分からぬことを述べている。こういう言い方をしてしまうから、幕末史もおかしくなるのだ。

　確かに、江戸社会は身分制の社会であり、それがかなり緩んでいた幕末期とはいえ制度とし

てそれが消滅したわけではなかったことは言うまでもない。長崎海軍伝習所に取締として赴任してきた木村は、勝より若かった。確か、六、七歳年下である。木村は、旗本として決して高位の家の出ではないが、長崎海軍伝習所の取締に就くことのできる程度の家格の旗本ではあった。ところが、勝は、自分より若い木村が取締として江戸から赴任してきたこと自体が気に入らない。勝もカッティンディーケの信頼が篤《あつ》かったとはいえ、どこまでも学ぶ立場である。木村は、勝らが学ぶ機関の運営責任者として赴任してきている。土台、立場・役割が違うのだ。これが理解できないところが、勝の人間的欠陥と言えるだろう。

例えば、福澤諭吉は、木村の「従者」「中間《ちゅうげん》」のような立場で咸臨丸に乗船を許された。そうでもしなければ、乗船できなかったからである。世の中ではこういうことを「方便」という。福澤は、航海中は当然木村の従者として振る舞う。ところが木村は、福澤と二人きりになると福澤のことを「先生」と呼んだという。木村と福澤は、世間、社会と折り合いをつけながら、双方の人間としての真の力というものを認識し合って、終世付き合ったのである。

勝海舟という男には、そういう器量が全く備わっていない。何でも「俺が～」「俺だけが～」の男であって、木村も厄介な学生を抱えたものである。

幕府は、この国の海軍の確立を木村に賭けた。長崎から木村を呼び戻し、「軍艦奉行並」という身分を与えたのである。安政五（１８５８）年、日米修好通商条約が締結されるが、その批准書をアメリカに届ける使節団が編成される。正使は新見《しんみ》正興《まさおき》。この正使一行は、アメリカ軍艦ポーハタン号で渡米することになった。この一行に、大老井伊直弼《なおすけ》が小栗上野介忠順《ただまさ》を「目付」として抜擢、乗り込ませるのである。この時、長崎海軍伝習所が練習艦として使っていた咸臨丸を随行させることになった。

この一件について、勝海舟が建議して実現したとされているが、勝はこういうことを建議できる立場にはない。これを建議したのは、軍艦奉行水野忠徳《ただのり》である。或いは、勝はその実現を運動したかも知れないが、〝上司〟に何かを意見具申してそれが実現するという例なら他にも幾つもあるわけで、勝に関しては何でも勝の功績にするのが官軍教育というものなのだ。

咸臨丸の随行が決まると、幕府は木村を遣米副使とし、軍艦奉行に任じて咸臨丸の〝司令官〟とした。アメリカ側はこの時、木村を「提督」と位置づけている。

蛇足ながら、提督とか司令官という立場は、軍の身分の裏付けをもつ職制呼称である。艦長も同様である。例えば、巡洋艦の艦長は、大概大佐という身分クラスの者が任命されるといった具合である。日本海海戦において、聯合《れんごう》艦隊司令長官東郷平八郎は旗艦「三笠」に乗った。この時、東郷の身分は海軍大将（前年大将に昇格したばかり）であり、〝職制〟が司令長官である。当然、三笠には三笠の艦長がいる。

勝にどの程度の海軍知識があったか分からぬが、勝は、木村が自分の上にくるのが不満であった。単に不満だけならまだしも、この男は直ぐふて腐れる。

この時、勝は咸臨丸の実質的な艦長であり、与えられた身分は「両御番上席《りょうごばんじょうせき》」というものである。この身分について私どもは簡単には理解しづらいところがあるが、司馬さん自身が勝の身分、出自からすれば「家門の名誉としてもいいほどのもの」であったとしている。更に氏は、次のように述べている。

「勝は艦長であるからにはもっと高い身分を考えたかも知れませんが、まあこれでいいかとも思ったはずです」(『「明治」という国家』日本放送出版協会)

つまり、勝が駄々っ子のようにふて腐れたのは、艦長である自分の上に〝司令官〟(当時の呼称では「船将」=アドミラル)として木村が任命されたからなのだ。勝の思考には、全長四十八メートル、幅九メートル、排水量六百二十トンという小さな咸臨丸のことしか入っていないのだ。木村は、幕府が派遣する遣米副使である。国家を代表する外交使節としての任務を帯びているのだ。己の上昇欲求に支配されている勝には、そういう当然の視野が欠落しているのである。

木村が乗るなら、操船は木村摂津守様にやらせろ、とか、部下が指示を仰ぐと摂津守様に聞けばいいだろう、とか、とにかく駄々をこねる。挙句《あげく》に、部屋に閉じ籠ってしまって出てこない。海路の途中で、ここから帰るからボートを降ろせなどと、職務怠慢も甚だしい態度に終始するのである。

航海中のこの勝の言動を、木村の従者という立場で乗船していた福澤諭吉が冷静に観察している。木村は木村で、勝の器というものを見切ったはずである。

当然のことではあるが、咸臨丸に乗り込む〝士官〟クラスは木村が選抜した。木村は、殆どを海軍伝習所出身者を選ぶことで、この任務を全うしようとした。軍艦操練所教授になっていた勝も木村に選ばれた一人に過ぎないのだが、この男は何を考え違いしていたのだろうか。

日本人だけで太平洋を渡り切ることによって、大いに国威を発揚する――これが勝海舟の咸臨丸に賭けた意思であり、この人物の偉大さであるというようなことを私どもは学校教育で教わった。しかし、現実には咸臨丸にはジョン・ブルックをはじめとするアメリカ人士官が乗り込んでいた。これは、木村が考え、幕府に申請して認めさせたもので、猛反対する日本人乗組員や幕閣を抑え込んだのも木村である。勝が反対派の先頭に立ったという記録等は残されていないが、私は勝も猛反対したと推測している。

というのも、この一件そのものが〝官軍正史〟から抹殺されているのである。ブルック一行の乗艦については、偶々《たまたま》帰国する彼らに便宜を図ってやっただけという〝歴史〟が伝えられているに過ぎないのだ。

実態は、木村の意図通り、ブルックたちの航海リードがあって咸臨丸は正使一行を乗せたポーハタン号より早くサンフランシスコに到着したのである。

司馬さんは、明治国家の「設計者」として、小栗上野介、勝海舟、福澤諭吉の三人を挙げる。私には異論があるが、司馬さんは建物にたとえれば勝は「解体の設計者」であるとする。何を解体したかと言えば、勿論江戸幕府を解体したのである。このことについて、司馬さんは次のように述べている。

「三人の設計者の中に、木村摂津守を含めなかったのは、或いは当を得ていないかも知れません」（同）

つまり、司馬さん自身も木村の重みというものに引っ掛かっているのである。続けて曰く、

「彼は明治国家成立の時は身を引き、栄達よりも貧窮を選び、幕府に殉じて、自ら生ける屍《しかばね》になったからです」（同）

私が木村に「武家の佇まい」を感じるのは、直参旗本として幕府に殉じたということも確かにあるが、それ以上にこの咸臨丸を率いて出ていく時の覚悟である。

木村は、木村家の財産をすべて金貨と米ドルに換えた。代々伝わる書画骨董の類《たぐい》もすべて金に換えて、いざという時の費用に充《あ》てようとしたのである。幕府からは渡航費用として五百両が出ている。一説に、木村は乗艦する士分の者を加増するつもりだったとか、乗員の手当てに充てたなどと伝わるが、私は、それは違うと考えている。如何にアドミラルである軍艦奉行で

あるといっても、木村が公儀の中での立場で勝手に加増できるわけがない。それをやれば、越権行為も甚だしい。そのような見識のない木村ではない。

武家とは本来、陣ぶれがあれば馬を整え、兵卒を構成し、武器・食料も用意して馳せ参じるものである。いや、陣ぶれがあってからでは遅いのだ。日頃からいつ陣ぶれがあってもいいようにそれらを整えておくべきものである。そのために「知行《ちぎょう》」が存在する。木村が幕府から下賜された経費以外に、後のことを無視して一家の財産をすべて金に換えたのは、あくまでこの航海の「いざという時」のために備えたのである。つまり、木村にとってこの使命は「戦《いくさ》」であったということだ。

航海中、時化《しけ》に遭った時、この金貨が戸棚から袋を破って飛び出し、床に散乱したところを福澤諭吉が目撃しているのだ。武人福澤が、この金貨に込められた木村の武家としての心の構えを正しく理解したことは言うまでもない。

咸臨丸という小さなコルベット艦に、勝にとっては数にも入らぬ小者として福澤諭吉が乗船していたことは、「勝にとっては災難」(司馬氏)であったと言えよう。このことによって、勝の実像というものを知ることができるからである。この時点で木村が、従者として乗船を許した福澤を、自分の船室では「先生」と呼んでいたことが、より鮮明に勝という人間の器量を浮き彫りにするのである。

御一新が成立した時、薩長新政府は、幕閣であった木村に対して新政府への出仕を求めた。しかし、木村はこれを断った。江戸城明け渡しの際、木村は勘定奉行という重責を担っており、新政府への明け渡しに際する事務処理を統括した。こういうことを通じても、薩摩・長州には、木村の能力、人柄が理解できたのであろう。

明治二十七（1894）年、日清戦争に木村の嫡男が出征した。福澤は、嫡男浩吉に宛て、万一君が討ち死したとしてもご両親の面倒は自分の命の続く限り責任を以てみるから安心するようにとの手紙を書き送っている。

木村が発案した日本の海防計画の骨子、海軍の人材登用計画などは、幕府には受け入れられなかったが、明治政府がこれを採用した。木村が「帝國海軍の祖」とされる所以《ゆえん》である。

## 8　土屋久明の場合

ちょうど十年前になるが、第一弾に当たる『原田伊織の晴耕雨読な日々』（毎日ワンズ）において、「武家の佇まい」という一章を立て、薩摩村田新八、ウィーン貴族ディットフルス家の令嬢クリスティーナ、帝國海軍市丸利之助などを採り上げた記憶がある。これから述べる人物も、先の木村摂津守と並んでこれらの人びとに列記すべき人である。

〝国営放送〟とも言うべきNHKが放映したことで、明治の軍人秋山兄弟や正岡子規も以前より知名度を上げたようである。尤《もっと》も、正岡子規の名は、義務教育を受けた人なら誰でも知っていよう。ただ、彼がどういう人であったかについては、義務教育の場で居眠りをしていた人が多かったようで、余り知られていないようである。

秋山兄弟や例えば山本権兵衛、明石元二郎、陸羯南《くがかつなん》といった人びとがどういう人物であったかに至っては、数少ない著作が世に出なければ、今日もなお殆ど知られぬままであったかも知れない。

ここで私如きが、正岡子規の詳細を語る心算はないが、この、近代俳句・短歌の祖と評価される人物が、その素地を養ったことについては多分に境遇として幸運な面があったことを思わずにはいられない。

それは、彼の外祖父、つまり母方の祖父が大原観山であったということだ。この人は、松山藩随一の学者であり、儒者として藩校明教館の教授を務めた人である。この人が、子規が新しくできた小学校へ上がるまで、子規に自ら素読を教えた。このことは、子規にとって大きな幸運であったと言わねばならない。

更に、子規が小学校に上がってからは、観山の依頼を受けた観山の後輩土屋久明《きゅうめい》が直々に子規に漢学教育を施した。このことは、更に大きな幸運であったと言えるだろう。

土屋久明も、大原観山同様、藩儒を務めた人である。子規の歌人として必須の「言葉」についての知識は、この二人がその基礎を築かせたと言っていい。

この土屋久明という人は、御一新までは松山藩士であった。余計なお節介であろうが、歌人土屋文明と混同されないようにお願いしたい。

尤も、土屋久明と土屋文明は子規を媒介として不思議な縁で繋がっている。土屋久明の漢学の教え子である正岡子規が雑誌「ホトトギス」を明治三十（１８９７）年に創刊し、明治二十三（１８９０）年生まれの土屋文明は、旧制高崎中学時代からこの「ホトトギス」に俳句・短歌を投稿していたのである。そして、子規の門人伊藤左千夫《さちお》らが結成した短歌結社「アララギ」に参加し、伊藤左千夫の支援を受けて東京帝國大学へ進んだという経緯がある。一口に文化とか思想とか呼ばれるものが伝承されていく様とは、こういうものであろう。

余談ながら、私の祖父が土屋文明と同じ明治二十三年生まれで、祖父は八十幾《いく》つまで生きた。土屋文明は平成二年、百歳で没したが、明治・大正・昭和・平成と四つの時代を跨《また》いで生き抜いたのである。

なお、蛇足に過ぎるが、「子規」とは、血を吐くまで鳴くと言われる不如帰（ホトトギス）の異称であり、血を吐きながら生きた正岡子規が使った多くの雅号の一つである。

大原観山から孫正岡子規の教育を頼まれた土屋久明は、このことを大いに誇りとしたと伝えられる。彼が他の私塾のように弟子に教授をさせず、子規には直々に漢学を教えたことがこのことを証明している。江戸期の私塾の形としては、先生である師は直接教えることは少なく、高弟が代講し、師はそれを見守っているというのが普通である。ドラマなどで見る剣道道場のそれを思い浮かべると分かり易いだろう。

大原観山といい、土屋久明といい、この種の所謂知識人は、江戸期は各藩の城下に居た。松山藩は十五万石であり、雄藩などとは決して言えないが、この程度の城下ならどこへいってもかなりの数の〝知識人〟が居たのである。つまり、江戸期の特徴として、これは世界史的に珍しい現象とされるが、京都・江戸・大坂には知識人が少なく、知識人と位置づけられる人びとは、殆ど地方に居たのである。

武家の数そのものが少なかった大坂では、特にこの現象が顕著だった。この背景を理解しておかないと、やはり幕末動乱から御一新に至る歴史を誤解することにもなるのだ。

これも一例に過ぎないが、土佐の隣の僻地《へきち》宇和島藩などは幕末には洋学レベルが我が国ではトップレベルにあり、土佐との文化格差は実に大きかったのである。シーボルトの娘さんも宇和島藩二宮敬作に師事している。

いろいろな物語では坂本龍馬が宇和島に立ち寄り、土地の若い侍たちに刺激を与えたことになっているが、実態は恐らく逆であり、龍馬には「洋学は宇和島」と言われた宇和島藩に対する憬れとも言っていい関心があったはずである。

さて、版籍奉還・廃藩置県という〝第二のクーデター〟が起こって士族は滅亡へと向かうのだが、そういう時代に松山藩士族である土屋久明は正岡子規の教育に当たったのである。

武家という身分階層を消滅させるについて、新政府は士族に「家禄奉還金」を支給した。「家禄奉還金」はあくまで一時金であり、家禄の数年分が支給されたのである。

とは言っても、例えば正岡家の家禄は僅か十四石。支給された奉還金は、千二百円であったという。秋山兄弟の秋山家は十石だから、千円に満たなかった。これをどう使うかによって、士族の運命が分かれた。先々のことを考えなければ、当座の金としては大金である。これを元手に商いを始めて失敗した者も多く、それは「士族の商法」という言葉が流行《はや》るほど多かったのである。

秋山兄弟の父秋山久敬《ひさたか》という人は面白い人で、自分に何ができるものかと達観していて商売などには手を出さず、子供たちには「貧乏が嫌なら勉学をおし」などと平然と言っていたらしい。打って出るか、守るか、この奉還金の使い方によって士族の命運が分かれるということもあったのだ。

典型的に「守り」を貫いたのが、正岡家である。細々と食い繋ぎながら子規の成長、その後の成功に賭けたのである。物語では、子規の看病のため母と妹が上京するが、実は国許で家禄奉還金千二百円が底を尽き、子規を頼らざるを得なかったのである。

貨幣価値の換算は難しく、一律に現在価値に換算することは不可能である。秋山家長男好古《よしふる》が大坂の師範学校を目指して故郷《くに》を出る時持って出た金は三円であった。明治九（１８７６）年、師範学校を出て「三等訓導」の辞令を得て小学校の教員となった時の俸給が三十円という高給となった（この時好古はまだ十代である）。後に、明治二十五（１８９２）年、正岡子規が日本新聞社に入社した時の給料は二十五円であった。いずれにしても、千円に満たない額であれ、千二百円であれ、それは文字通り一時金らしく、高額であったと言える。

額が幾らであったか私は知らないのだが、土屋久明という士族の漢学者は、この奉還金を「殿様から頂戴した金」と認識した。そして、「殿様から頂戴した金が尽きるまでは生きる」と公言していた人である。

この場合は、「打って出る」には当然当たらないし、単に「守る」という態度でもない。ただ淡々と質素にその金で生きただけである。突き詰めて考えると、哲学的でもある。しかし、彼が教えていた子規の正岡家がそうであったように、奉還金だけで生き切れるものではない。「殿様から頂戴した金が尽きるまでは生きる」と公言していたということは、久明自身にもそれがどのあたりまでもつか、分かっていたはずである。そして、その金が底をついた時、土屋久明は餓死した。妙な表現になるが、覚悟の餓死である。

「覚悟の〜」という言い方も、土屋にしてみれば違和感があるに違いない。彼は、時代を否定も肯定もしていなかったようにみえる。その分、天地のひっくり返るようなご時世にも全く平静ということを失わなかったに違いない。ただ、己の存在を時代の流れの中で俯瞰《ふかん》してみて、滅びるべき存在であろうと簡略に悟っただけのように思えるのだ。

この生き方のどこにも褒《ほ》められる要素はない。しかし、私は、これも一つの武家の佇まいだと感じている。有事には有事の武家の振舞いというものがあり、平時には平時の武家の矜持《きょうじ》すべき佇まいというものがある。御一新時の時世を有事動乱の非常時と捉えて生きる道もあろうし、己と時世を切り離して己一身を己の意思一つで始末するという生き方もあろう。

平成人は、時代に適合できなかっただけだと切り捨てるだろうが、土屋久明が帯びていた精神文化というものは、少なくとも即物的な平成人よりは上質なものに思えてならない。

幼い頃から異常な弱虫、泣き虫で、長じて病を得、短い一生を病と共に生きた正岡子規の尋常ではない強さには、彼に関わった土屋久明のような人びとの息遣いが潜《ひそ》んでいるような気がするのだ。

## 9　あなたに逢いたい

かつて『あなたに逢いたい』というテレビ番組があったことを覚えている読者もおられるのではないだろうか。テレビ朝日系列（ANN系列）の番組である。

これは、その頃流行った「人捜し番組」の一つである。まだ見ぬ生みの母に一目逢いたい、満州から引き揚げる途中のドサクサで離れ離れになった我が子に一目逢いたい、自分の一生を決定づけたひと言を発してくれたあの恩師にもう一度逢いたい……そんな視聴者の切実な願いを実現する、制作サイドとしては苦労の多い番組であった。この番組には、裏で深く関わっていた時期があった。

苦労の一つは、永い時が経っていることである。三十年前、四十年前はザラであり、もっとも永いケースで五十数年前の生き別れ母子を捜し当て、再会させたこともあった。

いま一つの苦労は、一方が会いたいと切実に願っても、その相手が必ずしもそうではないというケースがあることだった。当然であろう。

生みの母に一目会いたいと願っても、生みの母には現在の別の人生が進行している。実の母子であっても、常に双方が求め合っているとは限らないのだ。この番組は、悲劇的な別れがあって、双方が共に求め合いながらも永年それが叶わず、その間双方が、或いはどちらかが多少なりともドラマティックな人生を送り、それを乗り越えて双方が願っていた再会が実現する……そういう展開がないと絵にならないのだ。再会は、必ず〝涙の再会〟でなければならない。

その時の私の事務所の仕事は、視聴者から寄せられた「捜して欲しい」という要望をすべてチェックし、事実確認を行い、走らせた専門の探偵事務所スタッフをバックアップし、捜し当てたら双方の意志確認を行い、番組に乗せていけるケースかどうかを判断して制作会社サイドへ送り出すことであった。

書類だけで判断できるケースも勿論あるが、多くはじっくり電話で話を聞くことから始まる。一回の電話での聞き取りが一時間を超えることも頻繁にあった。会話の初動で、この話にウソはないかを判断しなければならない。矛盾する話には、ウソは少ない。むしろ、理路整然とした話は要注意である。

ウソはないと判断したら、会話の中から「手がかり」をできるだけたくさん聞き出すことがポイントとなる。実の母は、風の噂で「サコタ」という人と再婚したという話が聞き出せたとしたら、まずそれは「鹿児島の人、或いは鹿児島出身の人」と再婚したと考えねばならない。もし、これだけしか手がかりがなかったとすれば、とりあえずは依頼人が生き別れになったという昭和三十年直後に鹿児島県内のどこかへ転入届けを出した現在六十歳を超えている女性をしらみつぶしに捜すしかない、というようなことになるのだ。

捜査エリアを絞る上で、手がかりは些細《ささい》なことでもできるだけ多くあった方が捜し出す確率は高まる。電話でのヒアリングの巧拙が、探偵たちの捜査の成否を決めることも多い。

番組は、週一のゴールデン・レギュラーである。視聴者からの依頼件数は、膨大なものになる。絶えず、多数のケースを走らせておかないと間に合わない。実に苦労の多い番組であった。

この番組の仕事に関わっている最中《さなか》に、ふと考えたことがあった。

他人の人捜しのために徹夜までやっているが、ひょっとして我が身が、捜して欲しいという案件に上がってくることはないだろうかと。その時の依頼主は、息子か娘か……。

実は私は、人が聞けば「ウソだろう⁉」としか言わないような事件に、何度も遭遇してきた。そのうちの一つは、確かに新聞記事にもなった「事件」であり、私は被害者ではあったが、その素地を作ったのは自分自身だという自覚もあった。

事実は小説よりも奇なりと言うが、これをそのまま私小説として書き上げれば、版元の編集者はまず、

「リアリティがなさ過ぎますすね」

と注文をつけるだろう。世の中には、そういう「事実」もあるのだ。

そういう事件の影響の一つとして、当時の家族と離れた。私自身が都心で拉致され、池袋某所に丸二日（だと思うが）に亘って監禁されたり、事務所そのものが暴力で占拠されたり、とい

う事態が起こったのだ。

町中に、私が地元のバーの若いママさんにマンションを買い与えたなどという、根も葉もない話もばら撒《ま》かれた。家族との別れは、家族を避難させるということであり、会社の代表者印鑑まで誰かに（今では持ち出した個人を特定できている）持ち出されるに至って、法的にも家族と別れたのである。届けは、当時の妻が提出したのだろう。私自身には、それをやっている暇《いとま》さえなかった。

その後、都心某所の知人の小さなスペースに身を寄せ、再起を思案している頃、娘から電話があった。その時点では、まだ連絡をとろうと思えばとれたのである。それが、事件から半年ほど後なのか、一年くらい経っていたのか、記憶が定かではないのだが、娘は彼氏を連れてきたのだ。確か、高校生になったばかりだった記憶があるので、ボーイフレンドと言った方が適切かも知れない。その時娘は、真っ白いブーツを履いていたことをはっきり覚えている。それが、娘と会った最後であった。

息子ともある時期までは連絡がとれていたのだが、私は、再開した仕事の合間に民事訴訟法の本を脇に置き、何度か東京地裁に通って助言を得て、弁護士にも依頼せず自ら告訴状を書いていた。告訴すべき相手（当時の得意先）には、何度も連絡をとったがラチがあかず、こういう状態が数年続いたのである。そのうちに、息子とも娘とも連絡がとれなくなってしまったのである。

この頃既に、事務所や自宅への嫌がらせ電話が始まっており、これはその後公衆電話からの無言電話に変わり、十年以上続いた。この相手も特定できている。

因みに、告訴状に記載した直接的な損害賠償請求額は、当時の金額で五千万円である。そして、嫌がらせ電話の主は女性であり、その夫は元日本K銀行という名だたる国策銀行の管理職であった。

こういう恥じ話にしかならぬ過去をもつ私が、この番組の捜索の対象となっても不思議ではない。但し、それは、息子か娘が私に「会いたい」と思っていれば、の話である。結局、番組が終了するまで、私を捜して欲しいという依頼は現れなかった。

当然といえば当然であろう。家族にしてみれば、どういう理由や経緯があったにせよ、迷惑しか蒙《こうむ》っていないのだ。私は、自らの妄想に自ら苦笑していたのである。どこかに、ほっとした気分さえあった。

確か、事件から十七~八年が過ぎた頃であった。

夜の事務所に突然、娘から電話があったのだ。その声に、確かに泣きべそと満面の笑みを繰り返してばかりいた、あの娘の名残りがあった。何がきっかけだったのかを聞かなかったが、娘は原田伊織が父親ではないかと疑い、私の著書を買い、サイトも調べて確信し、手立てを講じて電話番号を捜し当てたのである。

万事穏やかとしか言い様《よう》のない性格であったと思っていたが、その子がこういうことができたのかと、まずそのことに驚いた。私が『あなたに逢いたい』をやっている時にこうであったなら、私はアシスタントに雇ってもよかったと思えるほどである。

しかし、それも当然の変化であろう。聞けば、娘には二人の子供がいると言う。その時点で七歳と〇歳児。二人とも男の子だと言う。

あの子が、母親……？　十七年とか十八年という年月は、そういうことなのか。

計算すれば、何も不思議ではない。つまり、理屈では分かることである。しかし、感情が直ぐには追いつかなかった。電話口で私は、多分、「理屈」で対応していたのだろう。「感情」がそれに追いついたのは、翌日か翌々日になってからである。

最期に会った時、白いブーツを履いていた高校生であったあの子が母親……ということは、私は……。

娘の話では、彼女の兄である私の息子にも一人の子がいるという。もはや、決定的であった。こういうこと、つまり、私に実は孫がいたということは、その数年前から何かの拍子にふと考えたことではあった。しかし、それも当然のことであったろうが、それには現実感が伴っていなかった。やはり「理屈」で、そうであっても何の不思議もない、という風に考えていただけのことなのだ。

ところが、現実感のなかった現実が、突如眼前に紛れもない色彩を帯びて現れ出たのである。その時私は、雲の上を歩いているような気分に襲われていた。

実はその時、私は「孫」とも電話で話をしてしまったのだ。


「誰と話しているか、分かるか？」

「ママのお父さん！」


翌日か翌々日、ようやく「感情」が「理屈」に追いついた時、私は、何故か無性に不憫《ふびん》になった。結婚した相手は、最後に会った時、娘が連れてきた若者だという。娘は、幸せな結婚をしていたのだ。しかし、娘が結婚したことも、母になっていることも、私にはどうしようもなく不憫に思えたのである。

彼女は、私の助けもなく、かつての妻の助けはあったろうが、それらを成し遂げて生きてきたのだ。そのことを思うと、不憫という感情しか湧いてこなかったのである。

彼女は、欲しくても得られない私の助けのないことを恨んだことだろうが、恐らくそういう時も泣きべそをかいたその顔で直ぐ満面の笑顔を取り戻して兄である息子や彼氏、そして誰よりも元の妻に助けられて、幼い頃のように周りの皆に好かれて生きてきたに違いない。そう考えると、また無性に不憫になるのであった。

娘は、電話をかけてきた際、自分の電話番号やメールアドレスを私に焦るように教えた。私も、自宅の電話番号、携帯番号などを伝え、携帯メールのアドレスも教えた。

その数日後、彼女からメールがあった。そうなのだ。私は、娘と再び連絡がとれるようになったのだ。それは、不思議な感情であった。住所も、私の求めに応じて知らせてきた。その気になれば、私は彼女と会うことができるかも知れない。今彼女と会うことに、私には何の障害もない。しかし、それをやってはいけないと、私は、自らを戒めた。

娘とその兄、母が、突然襲ってきた不幸を背負って生きてきた、間違いなく厳しかったであろう永い年月は、私にとって全くの空白なのだ。それを、当方の勝手で急に埋めようとすることは、彼女たちの私不在のこれまでの人生を軽んじるような、もっと言えば侮辱することになるような気がしたのだ。

彼女たちのそれまでの人生は、私からも深く尊敬されなければならない。私が安易に娘に会うことは、彼女たちの崇高なこれまでの人生に傷をつけるような気がして仕方がなかったのだ。

ただ、何らかの助けにはなりたい。それは、償いとか感謝というような言葉で言い表わせる気持ちとは違っていた。義務とも、また違うような気がした。

その時の気持ちにもっとも近い形はと言えば、矛盾することではあるが、例えばサンタクロースが配布した無差別の愛の一部を幸運にも手にしたような、或いは偶然ささやかなクジに当選したような、私の介在を知られぬ形が欲しかったのである。

娘は、私の著書を読んで知ったらしく、私の左目の視野欠損を知っていて、原因が分からないようだが、そうだとすれば病院を変えて再検査しろとしきりに言った。そして、メールで専門医の住所を知らせてきた。

私の「医者嫌い」は、今となっては私の〝誇り〟ですらある。しかし……その時点の仕事の修羅場が少しでも収まったら、私はその専門医へ行こうと思ったのである。その結果が、「もはや手遅れです」でも何でも、そんなことはどうでもいい。彼女が住所まで知らせてくれた、その専門医のところへ、とにかく行くことが、私にはとてつもなく重く、重要なことであったのだ。

強がりと言われるだろうが、独りで暮らす毎日に張りが出たとか、生きがいを見出したということはない。ただ、時折にでも彼女が笑顔で生きていることが確認できるのではないかと思うと、それだけで素直に嬉しかった。息子と娘が幼い頃、私はしょっちゅう真顔で言っていた。

「俺は、親子だからお前たちと付き合っているんじゃない。お前たちが好きだから付き合っているんだ」

娘が永い空白の時間を経て電話をくれたその時、改めて実感した。私は、娘がやはり好きであったのだ。眠っていたその感情が、また生き生きと躍動し始めていることを自覚することになったことが、何よりも嬉しかった。

その後の話は、紙幅の関係もあって省略させていただく。

何と、私は娘と十七〜八年ぶりの再会を果たしたのである。高校生のあの頃とさほど変わらぬ、母としては幼い容貌の娘が、ベビーカーに下の子を入れて現れた時、再び私は、何故この子が子供を連れているのか、一瞬理解できなかったことを覚えている。

それが、高々七〜八年前のことになるだろうか。

近江佐和山城下、湖東の里山に育った次男坊鴉は、風に吹かれて故里を捨て、たまたま降り着いた江戸で一時の根を張っただけだと思っていた半世紀、実はその根から幾つかの実がなっていたのである。

どうせこの世は仮の宿、足の向くまま気の向くままに、風に吹かれて三度笠……などと粋がってはいられなくなったようである。

## 10　この歳にして母のこと

私の左目の視野欠損は、どうやら進行しているようだ。その自覚がある。眼科的に考えられる要因には原因となるものがなく、では脳に違いないということになり、脳のＭＲＩのお世話にも何度もなったが、それにも異常はない。世の中には、原因が分からないということは珍しいことではないだろうと、私自身はさほど深刻には考えていない。第一、眼というパーツも、あと何年かもてば役割とすればそれでいいのである。

ただ、左側に並ぶ人は殆ど視野に捕らえることができなくなっている。駅などの人の混雑する場所では、実に難儀なことである。

企業などの代表者が入る保険があるが、顧問事務所の〝言いつけ〟に従って、スタッフがその瞬間に困らないように面倒な手続きを踏んで契約したのだが、視野欠損のお蔭で「特約」部分の契約を拒否されてしまった。この経緯については、その憤りと共にまたご報告したいと思っているが、保険会社の担当新入社員が近頃の新人にしては比較的真っ当であったので（勿論、女性）、その時点では本契約のみ残した。彼女が担当でなかったら、腹を立てて本契約そのものを当方から拒否していたことだろう。

日本の保険会社の〝あこぎ〟なことについては、私自身がかつて大蔵省認可の募集人資格をもって募集業務をやっていたことがあるのでよ〜く理解している。私の死後、どうせ難癖《なんくせ》をつけて支払を渋るに決まっているので、できるだけそれを回避しようとして詳細まで告知し過ぎたきらいがある。「そんなことまで言うからですよ。普通言わないですよ」とは、この件の某関係者の言である。

因みに、外資の保険会社は文字通り玉石混淆《ぎょくせきこんこう》であるが、滅茶苦茶いい加減な企業があれば、実に支払の良い企業もある。ところが、日本の保険会社に支払の良い企業はない。

保険のことは、どの道私が死なないと始まらないことなので実はどうでもいいのだ。問題は、左目の視野欠損である。医者に原因が分からない以上、私には手の打ちようがない。少しずつ視野が狭くなっていき、最終的にはやはり見えなくなるのだろうかと思いつつ、例によって朝、目の前の公園に目を遣ると、いつも見通せる公園の向かいの家々が殆ど見えない。これは、私の目の所為《せい》ではなく、木々の若葉が突如盛り上がり、公園の地面までをも隠してしまったのだ。何時《いつ》の間にか、若い緑が公園全体を覆ってしまったと思ったら、また何時の間にかそれが急速に色を失っていく。その繰り返しを、四季の移ろいなどと言う。そして、その度に私はまた墓場に近づいていく。

迂闊《うかつ》であった。また次の季節が始まるのだ。

確かにここのところ仕事が立て込み、休日も殆ど時計を気にしながら原稿用紙に、時にＰＣ

に向かっている。八重桜が吹き込んできて以来、ゆっくり池の周りの木々も見ていなかったようだ。ここにはこんなに多くの樹が生きていたかと驚く程の爽快な光景が眼前に広がる季節は、何時の間に逝ってしまったのだろうか。

そういえば、私の幼い頃、亡き母がよく言っていた。

「緑を見るのは、眼にとってとてもいいことです」

繰り返しこれを耳にしていたので、私は自然と「目の為に」意識して周囲の樹木に目を遣っていたことを思い出す。私は、母が何を言っても、「分かった」と言って従う子ではなかったのだが、このことについても頷いたことすらない。にも拘らず、「目の為に」意識して木々に視線を向かわせていたのである。

果たしてこのことに医学的な根拠があるのだろうか。大体私の母は、何でも断定する傾向があったように思われる。しかし、私は、日頃納得することが多かったのだろうか、こういうどうでもいいことになると余計に、「分かった」とも言わず、頷きもせず、それでいてその通りの行動をとっていたようだ。

今になって考えると、緑という色が目にいいと言うなら、田舎の子は誰でも目はいいことになる。何しろ、周りは緑ばかりである。真冬のほんの一時期を除いて、殆ど一年中緑の中にほんの一部別の色が存在しているといった様ではなかったろうか。山と林と田んぼと畑と草地……あの里にそれ以外に何があったと言うのだ。

それでも、少数だったが、小学生でも視力の悪い子が居たのはどういうわけか。母もいい加減なことを言ったものである。母の言が正しければ、医者に原因が分からないだけに、私は視野欠損を修繕するために公園を散歩してから事務所へ出ることを日課とするところだが、残念ながら母の言うことにそこまでの説得力はないのである。

『夏が逝く瞬間《とき》』（河出書房新社・毎日ワンズ）にも書いたが、幼い私に切腹の作法を教えたのも、この断定癖のある母である。年端《としは》もいかぬ可愛い子（私のことである）に、何故そういう酷《むご》いことを教えるのか。神経の鋭敏な私はそのことを必要以上に、否、全く必要もないのに重く受け留め、お蔭で常にその恐怖と闘うという羽目に陥ってしまったではないか。更にこの後遺症は、その後何十年も続くことになった。今も、完璧に後遺症から脱したとは言い難い。数パーセントは残っている自覚がある。

武家の血筋とはいえ、時は昭和、既に大東亜戦争も終わっていた。幾ら何でも「切腹」はなかろう。私をして自称陽明学徒に仕立て上げたのは、この母であったかも知れない。

母の旧姓を「河井」と言ったが、母の弟がフィリピン戦線で戦死し、河井家は嫁いだ母一人が生き残っていたのだが、この母が私に「河井家を再興して欲しい」と言い出したことがあった。確か、小学生最後の年のことであったと思う。河井家再興のために、私に切腹の作法を教え込んだのか。不思議なことだが、私は河井家再興の件については、殆ど即答の形で承諾した。喜んだ母は、手続き等を確認するため役所に出向いたのだが、既に時代は激変しており、「家名再興」は法律的に不可ということが判明、この件は沙汰止《や》みとなった次第である。全くとんでもない母であったと言わねばならない。

更に、思い出した。

これは中学に入ってからのことであったと記憶しているが、ある日また突然私に断定口調で言った。

「外交とは、片手で握手をしながら、もう一方の手で握り拳《こぶし》を作って何時でも相手を殴れる用意をしておくものです」

これは、後年になって甚《いた》く納得した。これだけは、外務省の連中のみならず、今の腑《ふ》抜《ぬ》けた政治家共にそのまま教えてやりたい。

こういう母は、果たして女であったのだろうか。

余り例をみない親不孝者である私は、母の命日も父の命日も、母に至っては正確な死因も知らない。葬式にも顔を出していない。そういう論外の親不孝者であり、間違いなく地獄に落ちる。作法を教えられた切腹とは程遠い、みっともない死に方をするはずである。

特に仲が良かったわけではなく、また悪かったこともなく、ごくごく自然に傍《かたわら》に父母が居ただけのことだが、十八の時に故里を出て以来の不孝はお天道様がこれを許さないだろう。

往時、その田舎には「母の日」という習慣もなかった。仮に、今生きていたとしたら九十七歳である。何を贈るか。モノを好まぬ人だったから、何も必要ないのかも知れない。

何十年にも亘《わた》って積み重なった不孝を償う気になって、仮に「一緒に暮らそうか」と誘ってもその返答だけは分かっている。「窮屈だ」……多分、これで終わりだろう。

今、私は、一片の形見もなく、たった一枚の写真でしか見ることのできない、幽《かすか》な思い出の中にしか存在しないこの母が好きである。

# 憤怒の河を渉れ　〜あとがきに代えて〜

あちこちで「裏日本の未亡人」への愛を〝語りのめして〟いたら、行きつけの寿司屋の女将《おかみ》さんから、

「私も未亡人ですけど、私じゃダメなんですか!?」と、詰問するように言われた。すかさず、

「表日本はダメだ」

と返したが、昨今は北朝鮮という、まるでタチの悪いマンガのような国が、どこまで正確に飛ぶか分からぬミサイル発射遊びを覚え、対岸の至近距離に在る裏日本としては危ないことこの上ない。

何せ、常識とか、益して良識というもののもち合わせのない相手である。ならば、余計に一刻も早く未亡人の許《もと》へ駆けつけ、

「もう大丈夫だからね」などと、優しく言ってあげたい衝動に駆られ、気持ちが急《せ》くばかりである。

では表日本が安全かと問えば、全くそうとも言えず、来るはずの大地震や津波のことを考えれば、表日本の未亡人をはじめ日頃何かと姦《かしま》しい女性たちにも等しく、

「もう大丈夫だからね」と、優しく微笑《ほほえ》んであげなければならない。

墓場まであと何里残っているかと気を揉んでいるというのに、全く時間が足りず、常に落ち着かない日々が続くのは斯《か》くの如くであって、決して原稿〆切だけが原因でもないのである。

本編で無宿渡世の博徒たちの幕末動乱期の動きについて述べたが、博徒たちはすべてが「無宿」であったわけではない。何らかの生業《なりわい》をもつ「有宿」の博徒もいた。

例えば、飯岡の助五郎。彼は、もとはと言えば相模の百姓であったが、下総《しもうさ》飯岡村に移って、地引網主三浦屋助五郎として根を下ろした。網主として「人別帳」にも記載されたれっきとした公民であった助五郎は、無宿渡世の博徒たちを抱え込んで、一家を成して賭場《とば》を開帳する大親分、土地の顔役へと勢力を拡大していく。利根川流域から外房にかけての治安の悪化に苦しんでいた「八州廻り」が、この助五郎を「道案内」に登用したのである。助五郎は、網主でもある博徒の親分とお上の十手《じって》を預かる「道案内」の「二足草鞋《にそくのわらじ》」として益々勢力を伸ばしていく。こういう時、お上に逆らわない限り、八州廻りも助五郎の裏稼業には目を瞑《つむ》る。

清水の次郎長も、甲州黒駒の勝蔵と対立するようになってからはお上に接近し、「道案内」に近い動きをしており、「二足草鞋」を履いたも同然であった。

幕末期の八州廻りと博徒＝ヤクザの関係の中で「二足草鞋」という言葉が使われたのだが、私も二足草鞋を履いている。「物書き」と、いつまで経ってもちっぽけな会社の代表者である。

飯岡の助五郎の表稼業は網主であるが、私の場合の裏表はどうなるのか。敢えて言うまでもないような気がするのである。

いずれにしても、この二足草鞋状態も私の落ち着かない日々が続くことに拍車をかけているように思うのだが、よくよく考えてみるとそれは能力の問題ではないかとも思えるのだ。能力が十分に備わっていれば、物書きと会社代表者も、或いは、裏日本と表日本も、どちらも波風立てずに平穏に収めていたに違いない。

能力に難があるとみられる私は、結局、睡眠を削るという、実に原始的な打ち手しかもたず、いい歳をして今だに徹夜を敢行するという恥ずかしい対応を続けて墓場までの距離を更に近づけているのである。

それにしてはいつも頑張って夜遊びをしているねと感心しているのは、地元ジョージタウンのCHである。

ここでまた、お断りしておかなければならない。昨今の「言葉の断絶」は、こういうところでも物書きに余計な労力を強いるのだ。

私が社会人になった頃、つまり、もう殆ど半世紀前、吉祥寺は既に一つのファッショナブルなスポットとして、特に若者を吸引していたのだが、通称「ジョージ」と呼ばれていたのである。若者である以上、「ジョージ」へ行ったことがないというのは、特に広告業界に身を置く者としては恥と言ってもよかった。私も、そういうことにうるさい先輩に連れられて、職場のある銀座から、わざわざ「ジョージ」へ飲みに来たことがあった。その時のタクシー乗り場は、今も同じ場所にタクシー乗り場の一つとして存在する。

ジョージとは、その頃から吉祥寺の愛称であって、決して私が粋がってここで命名しているわけではないのだ。

今や地元となったジョージタウンに生息する、何かと口うるさく、時に面倒なことを言い出す女性たちの一人がCHなのだ。

この子はおかしな子で、ミトコンドリアの信奉者である。確か、学校で習った気がするミトコンドリアとは、一個の細胞の中に三百とか、四百という規模で存在するらしいが、それがどういう働きをするのか、私にはさっぱり分からない。

CHによれば、私がこの歳でまだ徹夜というバカげたことができるのも、細い体躯《たいく》の割に、そして、喫煙、飲酒、夜更《よふ》かし、不規則な食事、運動不足、能力に比して過重な労働等々、凡《およ》そ身体に悪影響を及ぼすと考えられていることばかりを選んで行っているような日々を送りながら、血液検査をすればすべてA判定で全く異常がないのも、すべてこのミトコンドリアのお蔭だと言うのである。

つまり、私は、普通の人類よりミトコンドリアの量（数？）が多いと主張するのだ。私は、己の細胞中にあるというミトコンドリアの量など測ったことはない。そもそも、それは測れるものなのか。

その点になると、ＣＨはいい加減なもので、多い、少ないは、痩せている割には健康、新陳代謝が良い、加齢臭がしないの三つを備えていれば、それはミトコンドリアが多いのだと言う。

こういう子と付き合っていくには、緻密な神経を働かせることなど無駄どころか、禁物であることを悟らなければならない。

余談のような「あとがき」に更に余談に属することを重ねるが、ジョージタウンで私が一緒に飲んだり、食ったりしている女性たちは、皆、多少なりとも変なのが多い。ＣＨの仲間に、二十代前半という歳でやたら演歌が好きで、

「明日も追っかけで〜す！」

などというのがいるかと思えば、別の店だが、

「私、Ｓだよ」

と言うから、仕事は何かと問えば歯科衛生士であったので、甚《いた》く納得したなどというのもいる。この歯科衛生士ＡＫは、先日夕方四時まで爆睡し、

「遅刻だ〜！」

と半ベソを掻《か》いていた。当方にそれを騒ぎ立てられても、してあげられることは何もないのである。なおかつ、その時間から支度《したく》して、一時間弱かかる歯科医院まで出勤したというのだ

が、診療時間は一体何時までなのか。これも、わけが分からぬ子である。

果たして、ミトコンドリアが多いのかどうか、多いと本当に元気なのかどうかについては、全く科学的根拠はないものと思われる。どこまでも、夜のジョージタウンでしか通用しない話に過ぎない。

かくして私は、今日も喧騒と呼ぶに相応《ふさわ》しい一日を送っているのだが、たった一つ思い当たるエネルギー源がある。

それは、怒りである。

かつて日本だけでなく中国でも大ヒットした『君よ憤怒《ふんど》の河を渉《わた》れ』という映画があったが、あの「憤怒《ふんぬ》」である。

怒りに震えるなどという言い方があるが、一般的にはそういう怒りは疲労の原因だとされることが多い。怒りに震えた後というのは、人は「どっと疲れる」ことになっている。

ところが、私の場合は怒りの種類を問わず、激しく怒れば怒るほどふつふつと元気がみなぎってくるのである。頭までスッキリするような気がするのだ。

恐らくこれは、私が永年かかって生物体として獲得した一つの「進化」を表わす現象ではないだろうか。体重は高校時代から全く変動せず、進化ということを忘れているのだが、怒りに伴う生理的変化は明らかに進化と呼ぶに相応しいほどのものだと感じている。

とにかく社会人になってからというもの、私の仕事生活とは〝喧嘩生活〟ではなかったかと思うほど、三度の食事をするように毎日誰かと喧嘩をしていたような気がする。若い頃、もっとも頻度の多かった相手は、言うまでもなく上司であった。直属の上長は日常的な喧嘩対象であったが、よその部署であろうが出張で出てきた支社の管理職であろうが、とにかく目上の人間には激しい闘志を燃やすのであった。

「なぜハンコが押せないのか」「それで営業部長が務まるのか」「そんなことで旅費を使って東京まで出てくるのか」等々、今振り返ると、恥ずかしい限りである。我ながら、当時の私は、自分を何様だと思っていたのであろうか。

社会人、仕事人にも「生意気盛り」という時期はあるものだが、当時の私はその域を超えていた。今は、あの当時のことを深く反省している。もし今、事務所のビルの下の道路をあの時の上司が歩いているのを目にしたら、私は飛び降りるようにしてビルを出て、その昔の上司の前で土下座してでもお詫びする心算《つもり》である。

しかし、気がつけば時が経ち過ぎた。あの頃の上司たちは、一人残らず既にリタイアして、悠々自適の老後を送っておられるか、他界されているかのどちらかであろう。私のような、いつまでも「貧乏暇なし」を地でいくような生活を送る方々ではない。

「親孝行、したい時には親はなし」とはよく言ったもので、私は父母のことについてこの言葉を悔しい思いで噛みしめてきたが、上司たちについても同様の気分を味わっている。

開き直りに過ぎないが、私にとって五十などという歳の者は若造のうちである。「失われた二十年」などとすねることしかしてこなかった不甲斐なさを思えば、二十歳の若者と「平成四十男」との間に如何《いか》ほどの差があると言うのか。

かつて無礼の極みを働いた上司の方々や、父母の命日すら知らないという「人非人《にんぴにん》」として、全く不足することを承知の上で行う反省と罪滅ぼしとして平成の若造に申し伝えておきたい。

私のような完璧な軌道外れは別にして、エスタブリッシュメント（既成階層）を打ち壊してこれを乗り越えて新しい価値を創るのは、いつの世も若造の権利であり、義務である。私は、いつでも「差しの勝負」に応じる用意がある。力づくでねじ伏せて、当方が息も絶え絶えになったところを乗り越えていくのが、権利であり、義務だと言っているのだ。

年寄りの機嫌をとるな。

女の顔色、ガキの顔色を窺《うかが》うな。

カミさんの指示で動くな。

時計で動くな。

得意先の無法と役所の無知を許すな。

女のメンツを潰すな（最後は力づくでものにせよ）。

天下国家を論じる力を養え。

政治家と官僚のウソは死ぬまで忘れるな。

暴力に対しては「倍返し」を原則と心得よ。

正義の基準は己で設けよ。


以上十カ条、平成の終わりのドサクサに紛れた無益な暴論のように聞こえるかも知れないが、人は墓場を前にしてしか分からぬこともある。何度も死に損《ぞこ》なった物書きの一寸の生涯にも五分の理はあろう。時に思い出していただければ、幸甚《こうじん》の極みである。

誰もが、いつかは三途の川を渡ることになっている。己の軸を己で打ち立て、断じてぶれることなく、三途の川を渡る前に憤怒の河を渡れということである。私が滅しても当然、あなたが滅びても陽はまた昇らなければいけないのである。

この美しい島国の神々は、あなたと共にある。

# 主な参考資料

本書は、歴史書でもなく、益して研究書的な書き物でない。言ってみれば、その〝メイキングフィルム〟とも言うべき書き物である。従って、「史料」の提示は不適切であろうと考え、あくまで想を得るに際して参考となった資料、また歴史的な話題についてできるだけ正確を期して参考とした資料のみを、それらを著された先賢に敬意と謝意を表しつつ「参考資料」として一覧・掲載させていただく。


墓場まで何マイル？　寺山修司（角川春樹事務所）

気分はグリーングラス　吉永みち子（朝日出版社）

太宰治全集　太宰治（筑摩書房）

この国のかたち（三）　司馬遼太郎（文藝春秋）

坂の上の雲（一〜六）　司馬遼太郎（文藝春秋）

街道をゆく　南伊予・西土佐の道　司馬遼太郎（朝日新聞社）

高松宮と海軍　阿川弘之（中央公論新社）

新版断腸亭日乗　永井荷風（岩波書店）

濹東綺譚　永井荷風（岩波書店）
小説不如帰　徳冨蘆花（民友社）
京都守護職始末　山川浩（平凡社）
江戸の糞尿学　永井義男（作品社）
明治維新と幕臣　門松秀樹（中央公論新社）
秋山真之　中村晃（ＰＨＰ研究所）
国家なき日本　村上兵衛（サイマル出版会）
夏が来なかった時代　桜井邦朋（吉川弘文館）
江戸の災害史　倉地克直（中央公論新社）
飢餓と戦争の戦国を行く　藤木久志（朝日新聞出版）
新選組余話　小島政孝（小島資料館）
土方歳三日記　菊地明（筑摩書房）
秀吉の南蛮外交　松田毅一（新人物往来社）
歴史人口学で見た日本　速水融（文藝春秋）
文明としての江戸システム　鬼頭宏（講談社）
江戸の平和力　高橋敏（敬文舎）

徳川の国家デザイン　水本邦彦（小学館）
「明治」という国家　司馬遼太郎（日本放送出版協会）
江戸の瓦版　森田健司（洋泉社）
江戸の色町　遊女と吉原の歴史　安藤優一郎監修（カンゼン）
博徒の幕末維新　高橋敏（筑摩書房）
アウトロー　近世遊侠列伝　高橋敏（編）（敬文舎）
八州廻りと博徒　落合延孝（山川出版社）
甲州侠客伝　今川徳三（新人物往来社）
長谷川伸傑作選　長谷川伸（国書刊行会）
評伝江川太郎左衛門　加来耕三（時事通信出版局）
韮山代官江川氏の研究　仲田正之（吉川弘文館）
官僚川路聖謨の生涯　佐藤雅美（文藝春秋）
昭和陸軍秘録　西浦進（日本経済新聞出版社）

**原田伊織の晴耕雨読な日々［新版］**
**墓場まであと何里？**

第一刷発行　二〇一七年一一月三〇日

著　者――原田伊織
編集人――祖山大
発行人――松藤竹二郎
発行所――株式会社毎日ワンズ
〒一〇一－〇〇六一
東京都千代田区三崎町三－一〇－二一
電話〇三－五二一一－〇〇八九
FAX〇三－六六九一－六六八四
制　作――株式会社Jプロジェクト
統括・今井路子
装丁・佐藤千明／花井麻友
組版・小柳萌加
印刷所――株式会社シナノ

ISBN978-4-901622-96-7